Sœurs de miséricorde

DU MÊME AUTEUR

L'Increvable Monsieur Schneck, *Stock, 2006. Prix Murat 2007*

Sa petite chérie, *Stock, 2007*

Val de Grâce, *Stock, 2008. Grand Prix de l'Héroïne Madame Figaro 2009*

Une femme célèbre, *Stock, 2010. Prix Anna de Noailles de l'Académie française 2011*

La Réparation, *Grasset, 2012. Prix Thyde Monnier de la Société des gens de lettres*

Mon petit Calder, *illustrations d'Iris de Moüy, éditions Hélium, 2013.*

Mai 1967, *Robert Laffont, 2014. Prix Messardière du roman de l'Été 2014*

Dix-sept ans, *Grasset, 2015*

Colombe Schneck

Sœurs de miséricorde

roman

Stock

Pour l'écriture de ce livre, l'auteur a bénéficié du
Programme des Missions Stendhal de l'Institut français.

Illustration de bande : © Manon Baba, en partenariat
avec l'École nationale supérieure des Arts Décoratifs
d'après une photographie de Francesca Mantovani

ISBN 978-2-234-07641-9

Pour Lucia Daza

« La bonté de son cœur se développa. »

Un cœur simple, Gustave Flaubert

Azul se prépare un Nescafé, 2,45 euros la boîte de 500 grammes au Lidl, fourre dans le sac de cuir gris offert par madame Isabelle une poche en toile qu'elle a cousue avec un reste de tissu de la robe de communion d'une des petites. Dans ce sac en toile, elle glisse sa carte de séjour valable pour l'année 2007, un porte-monnaie rouge, avec 6,80 euros en pièces (elle a compté la veille), son téléphone, un Nokia en plastique bleu et blanc à la sonnerie chantante, un livre à la couverture plastifiée emprunté au bibliobus de Ris-Orangis.

On lui a déjà volé ses affaires dans le RER C. Depuis, elle fait attention.

Le bus 402 part à 5 h 23 de l'avenue Auguste-Plat, direction La Treille. Elle descend à la gare de Grigny à 5 h 30. À 5 h 35, elle attrape le RER D qui l'emmène à Juvisy où elle change pour le C qui va vers la gare d'Austerlitz à Paris, nouveau changement vers Henri-Martin.

À 7 h 15, elle ouvre la porte du 53, rue de l'Assomption, elle a sa clé, pour préparer le petit-déjeuner des petites avant de les emmener à l'école.

Ça, c'est dans l'idéal. Le plus souvent, elle doit prévenir madame Isabelle qu'elle va être en retard. Le 402 a été caillassé, le conducteur est en arrêt maladie, la ligne C est en travaux, Henri-Martin est fermé. Elle aurait préféré trouver un logement sur les lignes A ou B. La C et la D sont les pires.

Il faut attendre sans savoir ce qui va se passer. Le haut-parleur à la gare de Juvisy est mal réglé.

Elle entend un grésillement dont elle ne saisit pas le sens.

Azul est debout sur le quai B, direction Paris, c'est là qu'elle assiste à une conversation entre deux filles. Elles ont trouvé des places assises sur un banc, les visages sont cachés par les capuches de leur sweat-shirt. Elles doivent être au collège. Elles sont agitées, parlent trop fort d'une troisième. Leur sœur ? Une des filles, en colère, répète :

– Cette sœur, cette sœur.

La sœur a réussi un truc, peut-être une bonne note, un stage ou un devoir.

Ce qui est clair, c'est que la sœur, celle qui a réussi, est une traître, pour les deux filles en capuche.

La fille crie.

– Une traître, notre sœur, une pute, je te dis, une pute.

À 5 h 45 à la gare de Juvisy, il ne fait pas plus de 3 °C, mais ce qui glace Azul, c'est la brutalité de ces mots ensemble.

Comment est-ce possible ?

Une sœur que l'on connaît depuis l'enfance, qui a la même mère, le même père.

Comment peut-on ne pas se réjouir pour elle ?

Azul aussi avait été traitée de pute au collège, mais ce n'était pas par sa sœur, à qui elle doit tant.

Chuqui-Chuqui
département de Chuquisaca (Bolivie)

Avant d'être cette femme coincée dans le RER D puis C, glacée sur un banc de la gare de Juvisy, Azul est au début des années soixante-dix cette petite fille capable de sauter dans le Río Chico sans être emportée.

Le Río Chico est un des fleuves du luxuriant bassin amazonien situé au sud-est de la Bolivie. Il est traversé d'un fort courant, mais la sœur d'Azul lui a appris à se laisser entraîner par les flots vers une minuscule plage de sable.

Le village de Chuqui-Chuqui, des maisons de terre où vivent une trentaine de familles, tous des indigènes quechuas, cultivant leurs jardins au bord de la rivière, est protégé des crues du Río Chico par un muret de pierres d'un mètre cinquante de hauteur. C'est de ce muret qu'Azul et les enfants plongent et plongent encore, sans jamais se lasser.

Il faut savoir s'arrêter à l'arrivée de l'eau noire. Quand il a plu dans les montagnes, une eau boueuse, que les enfants appellent « l'eau noire », se déverse dans la rivière.

Cette eau troublée s'évacue en quelques heures, mais elle est le signe qu'il est temps de rentrer à la maison.

Le Río Chico devient dangereux et la petite plage de sable et le muret ne protègent plus de rien.

Pour rejoindre la maison, Azul traverse le jardin de sa mère, un terrain d'un hectare planté d'arbres fruitiers : goyaviers, manguiers, mandariniers, poiriers, avocatiers, pommiers, citronniers. Azul se sert à même l'arbre et croque dans les fruits, crachant la peau et les pépins par terre.

Azul en est persuadée, ce sont les meilleurs fruits du monde, très sucrés avec peu de pépins. Les goyaves se fendent d'un coup de pouce, elles sont d'un rose tendre qu'Azul n'a jamais vu ailleurs, même au marché de Sucre ou de Cochabamba.

Cinq manguiers offrent des fruits aux goûts différents. Ximena, sa mère, préfère les petites rositas plus suaves, Azul choisit des mangues plus rondes et plus juteuses dont le jus coule sur le menton.

Il lui semble que le choix est infini. Des bananiers, des citronniers, des melons, de la quilquiña, une herbe amère, des palmiers dont les minuscules fruits font tant de bruit en tombant de l'arbre qu'ils vous réveillent, si vous avez eu l'étrange idée de faire la sieste en dessous.

Ils sont les preuves que le paradis existe.

Ce jardin au bord de la rivière fait vivre la famille.

Son grand-père paternel l'a reçu lors de la réforme agraire de 1958. Les propriétaires espagnols partis, les grands-parents avaient obtenu un hectare de terre. Grâce à ces jardins et la rivière, le village est le plus riche de la vallée.

Avant de remonter vers la maison, Azul plie son tablier afin de fabriquer un sac de toile qu'elle remplit de fruits.

Elle traverse les jardins riverains, il n'y a aucune barrière. Sur le chemin, elle échange ses goyaves contre des tomates, des oignons des voisins. C'est un marché où se mesurent les désirs, les besoins et les offres, selon les saisons et les humeurs.

Azul doit longer un moulin à cannes à sucre, propriété de la seule famille espagnole du village, chasser les biquettes et les cochons qui se tiennent sur le chemin avant d'arriver chez elle.

La maison en crépi blanc est un solide cube aux étroites fenêtres. Les sols sont cimentés, sous les tuiles, le toit est recouvert de cannes à sucre creuses serrées les unes contre les autres qui protègent de la chaleur.

Elle a une taille suffisante pour que Ximena et ses neuf enfants se sentent bien.

Les murs sont défendus par des coffres en bois, qui servent de bancs et sont recouverts d'awallos, des tapis en laine à rayures fuchsia, turquoise, jaunes. Ils servent de couvertures en juillet et août, les mois les plus froids. À l'intérieur de ces bancs sont conservées des assiettes en terre cuite peintes de fleurs vert pâle, d'autres en étain.

Tous les meubles, coffres, lit, tables, chaises, ont été fabriqués par le menuisier du village. Les assiettes aux fleurs vertes sont cuites par le potier et peintes par sa femme. Les couverts en étain viennent de la mine voisine.

Seuls les tapis sont tissés dans la montagne.

Au premier étage, il y a deux chambres, une pour les quatre filles, une autre pour les cinq garçons.

Ximena dort dans un angle de la pièce du rez-de-chaussée, protégée par le seul meuble ancien de la maison. Une armoire sculptée qui vient de la famille de Roy, son mari, et où sont remisés les vêtements de deuil ainsi que les costumes laissés par le défunt.

Le premier dimanche de chaque mois, Ximena pose de grandes bougies blanches à même le sol devant l'armoire. Elle les allume. Si les bougies coulent très lentement, la flamme bien droite, « cela signifie que votre père est content », commente-t-elle.

– Si la flamme coule vite ou de travers, c'est mauvais signe.

Des années après la mort de son mari, qui l'a si mal traitée, Ximena le craint encore.

En 1968, à Chuqui-Chuqui, il n'y avait ni téléphone ni poste, mais le Dodge blanc s'arrêtait tous les dimanches débarquant ses ballots de toiles, des poules, des baquets de plastique et ses bonnes et mauvaises nouvelles.

Azul avait trois ans. Roy avait encore eu le temps de faire un dernier, Julio, un gros garçon qui avait décidé de consoler sa mère en riant dès qu'il apercevait son visage.

Roy n'était même pas revenu mourir à la maison. Elle avait appris sa mort un mois après son enterrement. On disait qu'un mari jaloux l'avait tué après l'avoir découvert, la culotte baissée, caché par un rideau de cannes à sucre. Il n'y avait pas de preuve qu'il avait couché avec cette femme. Elle se tenait à une dizaine de mètres, les mains lissant ses cheveux. C'était plausible, vu sa mauvaise réputation. Un baiseur.

Son corps fut convoyé sur son tracteur, car tout le monde savait que cet engin était sa plus grande fierté. Il est enterré à Cochabamba, la ville fertile, presque douce, à l'immense marché de fruits et légumes de la capitale quechua.

On avait omis de prévenir Ximena, qui était pourtant sa femme bien qu'il ne l'eût pas épousée à l'église, et la mère de ses neuf enfants.

Ximena pleurait son mari et se maudissait de le pleurer.

Puis un matin, elle pleurait depuis 181 jours, elle comprit.

Elle se réveilla à 5 h 30, le café était moulu de la veille, elle ajouta une pincée de gingembre et une autre de noix muscade, elle imaginait que son mari allait revenir, elle était prête à tout pour le satisfaire, elle sortit dans le jardin, elle ramassa une mangue sur le sol et puis, tout à coup, elle ne l'aima plus, il ne lui manqua plus.

Les manguiers et tout le reste lui appartenaient.

Son seul devoir était de respecter l'âme de Roy et de perpétuer l'abondance au jardin.

Elle a refusé un mariage avec un voisin qui possédait un jardin presque aussi beau que le sien.

Elle n'est plus amoureuse, elle ne le sera plus jamais. Plus tard, elle a répété à ses filles adolescentes qui partaient une à une de la maison, revenaient enceintes d'un garçon qui les avait oubliées que, l'amour, c'est de la merde.

Bien après la mort de Roy, Azul a proposé à sa mère d'aller rencontrer les demi-frères et demi-sœurs que son père avait conçus dans les villages de la province.

Ximena a dit non, elle avait suffisamment souffert avec ce type qui la battait et qui ne voulait pas l'épouser malgré leurs neuf enfants. Elle n'avait pas de raison d'accepter qu'il lui inflige un tourment supplémentaire.

C'est le grand frère de Ximena qui a décidé de sa vie.

Ils étaient orphelins.

Elle avait quatorze ans. Il a gardé la maison des parents pour lui et a mis sa sœur dans le lit de Roy, un riche camionneur de vingt-neuf ans.

Roy venait d'une famille d'agriculteurs quechuas de Cochabamba. Il était très beau. Ses yeux d'un marron si clair, liquide, aux longs cils de fille, la tête chauve toujours coiffée d'un chapeau de feutre noir, ceint d'un ruban orange, la taille haute, il contrôlait son corps, pouvant passer en un instant de la nonchalance à la force.

On ne se méfiait pas assez de lui. Il parlait d'une voix douce et de cette même voix hurlait des blasphèmes que Ximena ne vouvait entendre.

Le père d'Azul était populaire dans les villages. Cela, Azul l'a su bien après sa mort, car des gens venaient lui parler de lui.

Avec son tracteur – c'était un excellent tractoriste employé par la société nationale des routes –, il aplanissait les chemins de sable sur lesquels ne pouvaient passer que les voitures à cheval ou à bœuf. Grâce à lui et à son tracteur, les premières routes ont permis de relier les villages de la vallée du Río Chico.

Il était accueilli de village en village tel un sauveur, passait de femme en femme, leur faisait des enfants, revenait toujours vers Ximena qui l'acceptait malgré ses cris, sa mauvaise foi, ses mensonges.

Ses gestes si délicats quand il tenait d'une main habile le volant de son tracteur devenaient brutaux dès qu'il entrait dans la maison de Chuqui-Chuqui.

Comment Ximena s'était-elle attachée à ce type ?

Puis en était tombée amoureuse ?

Ce n'est pas le genre de questions qu'on se pose ici. Ce n'est pas comme si on pouvait choisir d'aller à l'école, de ne pas porter des sacs aussi lourds que soi, de grimper la montagne et descendre au retour les sacs remplis à nouveau, de se marier avec le garçon qu'on a rencontré et qu'on aime.

Son frère lui a choisi cet homme, elle ne possédait rien, pas de terre, ne savait ni lire ni écrire.

Ximena ne parle que quechua, n'est jamais allée à l'école (en Bolivie, l'instruction se fait en espagnol), mais elle connaît le nom de tous les oiseaux, de toutes les fleurs, de tous les fruits, elle sait sécher les pétales, les infuser, teindre les tissus, coudre, préparer le jus de cacahuètes, le poulet piquant, l'agneau au riz, le quinoa avec la viande de canard, la chicha, le jus fermenté comme celui au maïs blanc à la cannelle, guérir avec des bains de romarin les refroidissements, recouvrir la peau du visage de rondelles de tomate pour l'embellir, extraire l'huile du noyau de l'avocat.

Avec cette huile, elle masse les jambes, après les longues marches dans la montagne, enduit les cheveux et les ongles, lisse le front, réduit tout ce qui peine.

Sa peau, ses muscles, ses cheveux sont lustrés, aucun pli ne marque son visage, aucune raideur dans ses expressions.

Sauf ses yeux allongés, qui forment un sourire, et qu'elle a transmis à ses enfants.

Ximena a l'allure à la fois souple et tenue.

Elle travaille ainsi dans son jardin. Les cheveux longs nattés, qu'elle agrémente les jours de fête de cordes tressées, maquillée avec la poudre ocre de la fleur sèche d'uruku, habillée d'une pollera, une jupe formée de centaines de plis à la taille qu'elle a choisie dans un velours orangé, chatoyant, synthétique qui vient de Corée du Sud. Elle porte la pollera de Sucre, plus courte et qui laisse entrevoir ses jambes, alors que celle de La Paz, plus longue et plus chaude, protège du froid, et celle de Santa Cruz, dans un fin nylon, supporte la pluie et le soleil.

Roy l'installe dans une maison avec le sol en ciment, des coffres en bois, une armoire et le jardin.

La première fois qu'il lui montre Chuqui-Chuqui, il lui indique d'un bras mou le chemin qui descend vers les arbres et la rivière.

Il n'aime pas le jardin.

Ce qu'il aime, c'est l'odeur de l'essence, le bruit du moteur de son tracteur dont il peut traduire chaque hoquet, chaque ronronnement, l'accélération devant l'obstacle, la même virilité massive qui enfonce les routes.

Ximena visite le jardin pour la première fois. Il l'a laissée descendre seule. Elle ne se perd pas, elle marche d'un pas assuré, s'arrête devant chaque arbre, chaque plante.

Elle admire l'émeraude changeante des feuilles, le bruit adouci de ses pas sur la terre humide, le scintillement des chants d'oiseaux, les rayons de soleil à travers les branches épaisses des avocatiers, l'odeur suave des mangues pourries, celle plus astringente des pamplemousses, la lumière mordorée, flottant sur la rivière. Tout cela lui est familier. C'est son jardin.

Roy mort, les frères de son mari ont bien tenté de les expulser, elle et ses neuf enfants, elle n'était pas mariée à l'église, mais le père avait assisté aux baptêmes et avait signé devant le prêtre, Ximena est chez elle.

Elle connaît par cœur tous les arbres du jardin.

L'âge, la taille, les caprices de chaque goyavier, de chaque manguier.

Celui qui donne des fruits un an sur deux, puis deux fois par an. Celui-là, avec ses fruits à l'aspect pourri qui cachent bien une chair rose vif au goût de miel.

Ximena est propriétaire d'une maison et d'un jardin planté d'arbres fruitiers, elle est à la fois riche et très pauvre. L'argent, en pièces, en billets, est absent de sa vie.

Il n'y a ni retenue, ni addition, ni épargne. Elle ne compte pas. Quand elle obtient une pièce, parfois un billet, il est immédiatement échangé contre un bien au marché de Sucre ou le service d'un voisin (ce qui est rare, le service est rémunéré contre un autre service).

Elle conserve, pour elle et ses neuf enfants, peu d'avance pour la nourriture. Au mieux, elle a un mois devant elle, des réserves de maïs, d'orge, de riz, de charka, la viande séchée, les années difficiles, l'avance se compte en jours. Il lui reste de quoi nourrir ses enfants, six, sept jours. Elle n'est jamais inquiète.

Elle sait qu'elle peut toujours compter sur le jardin, ses voisins et puis cette foi mystérieuse qu'elle possède, cette assurance que rien de mauvais, de vraiment mauvais, grâce à ses prières et son comportement, ne peut leur arriver.

Elle vit dans cette belle maison au sol cimenté, au toit couvert de cannes à sucre sous les tuiles, aux coffres de bois emplis d'assiettes et de tissus avec son jardin planté d'arbres fruitiers, Roy ne versait plus les quelques sous qui permettaient d'aller acheter à Sucre ce qu'on ne pouvait produire ou échanger à Chuqui-Chuqui.

Une fois par mois, Ximena, accompagnée des plus grands qui portent les paniers débordants de fruits, prend le car pour Sucre. Trois heures pour faire cinquante kilomètres, le Dodge blanc s'arrête dans tous les villages de la vallée du Río Chico.

Le Dodge du dimanche part à 7 heures le matin de Chuqui-Chuqui pour arriver à 11 h 30 à Sucre, la jolie ville blanche qui avait été si riche au temps de la splendeur des mines d'argent de Potosi, où les riches propriétaires faisaient venir de France des porcelaines de Sèvres, des tapis des Gobelins, des meubles dorés, et qui avait su garder quelques beaux restes sous forme de palais à patio menant à un autre patio puis à un autre patio, tels des palais infinis, alors que Potosi, la ville la plus riche du monde, n'était déjà plus qu'un désastre.

Sucre, fondée au XVIe siècle par les Espagnols, accumulation de couvents et d'églises du XVIIe siècle, palais du XVIIIe, immeubles du XIXe métissés, sur la place centrale, la Plata, succession de constructions gothiques, Renaissance, baroques, néoclassiques et même haussmanniennes, aux toits recouverts de cannes à sucre, murs de pisé blancs, sols en damiers faits de galets. C'est ici, à la Casa de la Libertad, un ancien couvent de jésuites bâti en 1621, qu'a été déclarée l'indépendance de la Bolivie. La maison est ouverte à tous, de l'extérieur elle n'a rien d'imposant. Patio aux longues arcades de bois qui entourent un puits, des salles où sont exposés les portraits et les fines cannes en argent et bois précieux des sénateurs.

Ximena, Azul et ses huit frères et sœurs, propres, les cheveux nattés pour les filles, la chemise rentrée dans le pantalon pour les garçons, se rendent au mercado, concentré de l'histoire de la ville, portique baroque, tours de guet, halle moderniste, labyrinthes sans fin, sacs de jute débordants d'oranges, de mangues, de céréales, de pommes de terre violettes, noires, blanches, cases recouvertes de tôle ondulée, on peut se perdre, mais Ximena connaît chaque allée, recoin, pour acheter de l'huile, de la farine, du sucre et des vêtements et vendre ses mangues au meilleur prix.

Dans les années 1970, les premiers tee-shirts brésiliens avec des têtes de Mickey Mouse, de footballeurs, d'actrices américaines, des logos de marques américaines, sont arrivés à Sucre en même temps que l'adolescence d'Azul. À l'âge de onze ou douze ans, elle est attirée par les couleurs de ces tee-shirts, Ximena est catégorique, « de la merde ». On passe trop vite devant ces nouveaux stands, il y a tant de choses à admirer. Ce paresseux, énorme singe qui s'apprête à descendre du micocoulier abritant l'entrée du marché. Ximena accepte que les enfants s'arrêtent pour le regarder. Il ne descend de son arbre qu'une fois par semaine pour faire ses besoins. Ils sont bien tombés. Agrippé au tronc, le paresseux descend centimètre par centimètre. Combien de temps lui faudra-t-il ?

Les enfants sont excités, voir un paresseux qui descend de son arbre pour faire caca, c'est un événement. Il y en a tant d'autres.

Cette femme avec son bébé perroquet dans la poche de son tablier, cette autre avec un tout petit singe qui dort allongé sur son avant-bras, et puis aussi tous ces gâteaux à la farine de maïs, au fromage, au sucre fondu, au chocolat, à la cannelle, aux noix, aux cacahuètes, les sirops de sucre de canne et de mélasse. Les buñuelos, ces grosses crêpes fabriquées devant eux, les vendeuses devant leurs énormes sacs de plastique rouge remplis de coca qui fourrent ensuite leurs feuilles dans des sachets et proposent du miel pour faire passer l'amertume laissée par la fane mâchée.

Les enfants savent qu'il ne faut rien demander à Ximena.

Au marché, elle est la meilleure, elle sait exactement quel est le bon prix. Elle achète ce dont elle a besoin pour la maison et ce qu'elle échangera dans la montagne. Elle indique les malfaçons, admire les grappes de cheveux naturels, les colifichets de fils, la couture et les mille plis des polleras. Selon leur longueur, la forme des plis, la hauteur de la taille, la largeur de la ceinture, la couleur, mauve, marine, jaune foncé, rouge orangé, elle sait à qui est destinée la jupe. Une indigène de Cochabamba, de La Paz, du lac

Titicaca. Elle négocie des ballots de coton teints avec du tamarin à Santa Cruz, de polyester importé de Corée dans lequel sont cousues les jupes.

Sous le toit du mercado central se tient le restaurant populaire où, avec un sou, on peut déjeuner.

Des matrones en tablier bleu, chapeau de laine assorti, chacune derrière un petit stand, avec réchaud, casseroles d'étain, bacs en plastique pour la vaisselle, proposent des soupes de cacahuètes, boulettes de viande à la sauce tomate piquante, poulet sauce, maïs, poissons frits.

Ximena observe comment chaque matrone prépare la soupe, si les assiettes sont bien propres, l'une avait glissé ses pommes de terre déjà cuites dans un ragoût de mouton où il ne restait qu'un os et de rares filaments de viande, ce n'est pas ainsi que l'on doit la cuisiner, la pomme de terre doit mijoter avec le ragoût afin qu'elle s'imprègne du goût. La matrone et ses casseroles sont recalées, il faut en trouver une autre, ainsi qu'une table libre, un banc pour s'y serrer à dix.

C'est très bon. Avec le petit morceau de viande, on a droit à des pommes de terre blanches et de plus fermes pommes de terre violettes, des pâtes revenues dans l'huile, du riz et une sauce avec des tomates, de l'origan et des carottes.

Le repas coûte 10 bolivianos pour toute la famille.

Et on reprend le car de 16 heures pour Chuqui-Chuqui en oubliant qu'on aura mal au cœur dans les virages qui descendent vers la vallée du Río Chico et en rêvant au tee-shirt avec son inscription Coca-Cola ou Fruit of the Loom et au bébé singe endormi sur l'avant-bras de cette femme assise sur une des longues tables de la cantine.

Une fois par an, en février, à la saison où les fruits sont les plus beaux, Ximena emprunte trois grands chevaux à la famille du moulin à sucre.

Elle les attelle et installe sur chaque cheval quatre caisses de pêches, melons, pastèques, mangues, et des ballots de produits achetés à Sucre, l'huile, la farine, le sucre, le tissu de coton.

Les neuf enfants, Ximena, les trois chevaux, avancent dès les premières heures du matin jusqu'au coucher du soleil. Une dizaine d'heures de marche pendant la saison la plus chaude pour arriver jusqu'au village de montagne.

Tous les fruits ne tiennent pas sur les chevaux, alors Ximena et les neuf enfants portent chacun des sacs de presque la moitié de leurs poids.

Azul monte, elle est fatiguée, elle a cinq ans, six ans, sept ans, huit ans. Elle est chaque année un peu plus forte.

Le chemin est magnifique et difficile aussi.

Azul est chaussée de sandales fabriquées à Tarabuco. Les semelles, aussi épaisses que les steaks que l'on voit sur les publicités au mercado, sont découpées dans un pneu de camion, les pieds tenus par des bandelettes en cuir. Elles sont inusables et passent d'enfant à enfant une fois trop petites.

Les sandales en plastique rose du mercado sont nulles, assure Ximena.

Sur la route de montagne, les enfants sont coiffés de chapeaux de paille, Ximena, elle, ne quitte pas un feutre noir. Elle porte sa jupe de velours en toute saison et même pour grimper en haut de la montagne, elle laisse voir ses mollets finement musclés. Elle court plus vite que tous ses enfants, elle est même plus rapide que son fils aîné qui a presque quatorze ans et veut faire croire qu'il est le nouveau chef de la maison, mais on a vite fait de lui rabattre la bouche.

Au bout de quatre heures de marche, on s'arrête au bord d'une rivière à l'eau très claire. On mange debout des mangues, des petits pains à la farine de maïs. On ne se repose pas.

Le repos coupe les jambes.

Ximena puise dans d'étroits sachets en plastique des feuilles de coca. Elle retire la tige puis elle mâche tout en marchant, ainsi, elle n'a jamais faim, elle n'est jamais fatiguée.

L'arrivée de Ximena et de ses neuf enfants suscite l'attention.

Les produits de Sucre et les fruits sont admirés et pesés, l'échange est facile. On lui propose de la viande de bœuf et de mouton, des pommes de terre blanches, noires, violettes, des cacahuètes, des tissus en laine teints de couleurs vives. Ximena, à son tour, admire le travail des tisserands, elle apprécie le grain serré des nœuds, la qualité des teintures. Les différentes nuances de bleu, azuré, céruléen, myosotis, lapis-lazuli, bleu-vert, bleu-violet, bleu orangé, bleu ciel d'été, bleu ciel d'hiver, bleu ciel de printemps, bleu ciel d'automne, bleu ciel d'orage, bleu cobalt.

On passe la nuit, invités par ceux de la montagne, il fait beaucoup plus froid que dans la vallée. On leur prête des tapis dans lesquels ils s'enroulent. Les habitants dorment dans des huttes en pierre ou des tentes en peau de vache.

Là-haut, on ne parle que quechua ; les enfants ne vont pas à l'école, car il n'y en a pas. Mais les jeux sont les mêmes que dans la vallée, poupées en paille, osselets, cache-cache.

Et le lendemain matin, après avoir bu du café très noir et sirupeux parfumé à la noix muscade, au gingembre et à la cannelle, ou parfois à la cardamome, offert par ceux de la montagne, mangé les galettes de pain recouvertes de fromage cuisinées par Ximena, les enfants refont les dix heures de marche pour rentrer à la maison, les chevaux portant les caisses de bois et les sacs de tissus emplis à nouveau.

Dans les jours qui suivent leur retour commence la foire de Chuqui-Chuqui.

Elle attire toute la vallée. Ximena vend la viande, les tissus de laine rapportés de la montagne et ses fruits.

Elle laisse fermenter du maïs et du sucre dans de grosses jarres de terre pour fabriquer de la bière.

Elle pile les cacahuètes, les verse dans de l'eau fraîche, ajoute de la cannelle, après une nuit, filtre le liquide et le transvase dans des brocs en plastique. Elle chauffe aussi du manioc et du quinoa.

Elle vend son jus de cacahuètes et les céréales cuites pour les voyageurs.

La journée est bonne. Ximena a gagné 327 bolivianos, un couteau à la lame crantée, une large casserole en étain et neuf cahiers de 70 pages chacun.

Le soir, les femmes s'habillent de leur plus belle pollera, assortie à des corsages de dentelles, elles attachent avec une grosse épingle un carré de laine à leur épaule.

Accompagnées de petites guitares, de flûtes, elles chantent et prient pour le retour de la pluie. Le ciel est bleu marine, les hommes et les femmes jouent et dansent une partie de la nuit et, à 8 heures du matin, quand la cloche de l'église sonne l'heure de la messe, tous sont présents, propres et coiffés, pour entrer dans l'église la tête nue.

Ximena prie la Sainte Vierge, elle l'aime d'amour.

À Chuqui-Chuqui, les sœurs n'ont apporté que des bienfaits. L'éducation, la santé sont assurées par les épouses du Christ.

L'école est située de l'autre côté d'un affluent asséché du Río Chico. Les sœurs enseignent en espagnol, jusqu'à la septième, le pardon, le respect, la main tendue, le don de soi, la bonté ainsi que la lecture, l'écriture, le calcul.

C'est une bonne maison qui accueille les enfants de toute la vallée.

Les enfants des villages des montagnes les plus proches marchent jusqu'à deux heures le matin, deux heures le soir pour assister aux cours et revenir chez eux.

Ils ne parlent que quechua à la maison, les sœurs s'occupent d'eux avec une attention particulière. Ils sont fatigués, ils doivent en plus apprendre l'espagnol pour suivre la classe. Ils arrivent avec leur déjeuner dans un sac en plastique, une tomate, parfois des œufs. Azul leur propose des avocats, des mandarines. Personne n'a de couverts. Les enfants arrachent la peau des avocats avec les dents et laissent tomber par terre les épluchures sans les ramasser. Les restes s'enfouissent peu à peu dans la terre, avec la pluie, ou se dessèchent sous le soleil.

Les sœurs leur disent que c'est sale, qu'il faut enlever les pelures du sol cimenté de la cour et leur montrent les seaux.

Les enfants apprennent à nettoyer les salles et la cour, à vider les seaux dans un trou où tout est brûlé une fois par semaine, à faire leurs besoins derrière une porte fermée, à rester assis sur une chaise.

Azul aime l'école, aime les sœurs, ses professeurs, aime la directrice, aime les enfants de sa classe.

À 16 heures, elle traverse les jardins avec ceux du village, ils vont à la rivière se baigner.

En 1976, à onze ans, Azul est couronnée reine de l'école et, pour la première fois de sa vie, elle se heurte à quelque chose qui manque et qui la fait souffrir, qu'elle rêve d'obtenir et que sa mère ne peut lui offrir.

Avant, elle ne se demandait pas si sa famille était riche ou pauvre, elle sait qu'il y a des familles plus riches, elle les a vues à Sucre, ceux qui possèdent une voiture, une télévision, des tee-shirts brésiliens. Elle ne désire pas cela, elle regarde au marché les tee-shirts imprimés du logo Coca-Cola, elle observe les petits singes, les paresseux, les gâteaux coulants de sucre avec curiosité. Quel goût peuvent avoir ces gâteaux, comment ce serait de tenir un petit singe dans ses bras, de porter un tee-shirt imprimé importé du Brésil, de rouler dans sa propre voiture ?

Ce n'est pas de l'envie, le désir de détenir, elle ne se demande pas « comment obtenir tout cela », elle aurait juste aimé savoir à quoi tout cela ressemble en vrai quand on en dispose. Elle est curieuse de ressentir : le coton du tee-shirt contre la peau, le sirop des biscuits qui coule au fond de la gorge, le sucre qui s'attache aux dents, le moelleux d'un siège de voiture japonaise, l'attachement à un animal domestiqué.

Elle vit dans une maison qui la protège de tout, au bord d'un jardin merveilleux, il y a la rivière, les fruits en abondance, les sœurs bienveillantes, elle n'a jamais eu faim, ni froid, elle a admiré à Sucre les palais blancs, mais n'y est jamais entrée.

Elle apprend l'histoire de son pays. La lutte pour l'indépendance et celle, encore plus ancienne, des Amérindiens.

Les Quechuas ont fondé au XIIIe siècle la ville de Cuzco, le « nombril » en quechua, la première ville inca.

D'une ville, Cuzco, d'une tribu, les Quechuas, s'est bâti un empire où s'est intégrée, agrégée, sans disparaître, chaque nouvelle tribu, chaque nouvelle langue, chaque nouvelle culture.

On lui a transmis les valeurs de la culture inca, la richesse n'est pas l'accumulation de biens, mais de liens à l'autre. Le riche est celui qui connaît le plus de monde.

Elle sait jouer au dé à cinq faces qui permet la divination des périls et leur résolution. Pour Azul, ce n'est qu'un jeu où l'on invente des histoires à se faire peur, une boule de feu qui roulerait de la montagne, mais si cela arrivait pour de vrai ?

Elle est terrifiée par l'histoire de Juanita, la princesse de Cuzco. À l'âge de douze ans, elle est sacrifiée pour apaiser la colère des dieux après l'éruption d'un volcan. Les Incas construisent des routes, des greniers, des maisons de grosses pierres, savent soigner la malaria avec de la quinine, opérer et anesthésier la douleur avec la feuille de coca, élaborent un système de numération et de statistiques afin de compter les membres de chaque tribu et les terres à confier à chacun.

Pour la première fois, elle désire quelque chose qu'elle ne peut obtenir.

C'est la dernière année de sa scolarité, elle est élue reine de l'école et elle ne peut être fêtée, le 6 août, jour de célébration nationale, car Ximena n'a pas l'argent pour lui acheter une robe de couronnement à mille plis et aux brillantes broderies.

Elle est une petite fille de dix ans qui pleure parce qu'elle devine qu'elle appartient à un monde où même si l'on travaille dur, qu'on est sage et respectueux, on ne peut désirer, espérer, s'échapper.

Ce qu'elle a pu apercevoir dans ses manuels de classe, derrière les portes, dans les rues de Sucre, restera à jamais inaccessible ?

À Chuqui-Chuqui, l'école s'arrête à la septième, c'est sa dernière année, après il faudra aller dans les champs de maïs, de cannes à sucre ou partir trouver un boulot à Santa Cruz.

Elle fait une deuxième septième, elle a obtenu cela de sa mère et de sœur Amalia, la directrice, parce qu'elle aime l'école. Elle s'occupe des plus petits de la classe, des enfants de la montagne qui parlent mal espagnol, elle apprend par cœur les miettes du programme, ravie quand elle découvre des choses nouvelles.

Elle a dix ans et elle pleure parce qu'elle a peur de ne pas avoir le droit de désirer autre chose que ce qu'elle a déjà.

A-t-elle le droit ?

Elle a dix ans et voit, tout à coup, autour d'elle des barrières qu'elle n'avait pas devinées avant.

Est-ce que la vie est injuste ?

Elle n'ose le demander à haute voix, elle serait punie, alors elle court vers le Río Chico.

Azul ne s'est jamais retrouvée seule à la rivière. Elle est étonnée du silence. Aucune mère n'étend son linge sur le muret, aucun enfant ne se jette à l'eau. Azul écoute puis observe une aigrette bleue rejointe par une nuée de buses blanches. Les oiseaux se disputent les restes d'un repas, peaux d'avocat et de mangue abandonnées là. L'eau est calme, mais elle n'ose pas se baigner. Il lui semble que l'aigrette bleue l'a repérée à son tour. Que fait une petite indigène, son tablier taché au bord de l'eau ? Ses cheveux ne sont même pas nattés.

Elle chantonne, ajoutant une mélodie à une prière apprise à l'école. « Me voici tout à vous, mon Dieu, parce qu'on ne peut correspondre à l'amour autrement qu'en aimant. »

Elle ne comprend pas bien cette longue phrase qu'on lui a fait apprendre par cœur, mais elle aime les mots « amour » et « Jésus » et surtout « Marie », elle les répète, en changeant la mélodie et la prononciation.

Est-ce que Marie connaît Chuqui-Chuqui ? Est-ce que Marie la connaît, elle, Azul Vasquez y Pardo, née le 28 mars 1965 à Chuqui-Chuqui dans l'État de Sucre en Bolivie, de Ximena Pardo et Roy Vasquez ?

Est-ce que Marie sait qu'Azul l'aime d'amour, autant qu'elle aime sa mère, ses frères et sœurs et sœur Amalia ?

Est-ce que Marie, mère de Dieu, pense que la vie est injuste ?

Elle aime le silence au bord de la rivière, la distinction de l'aigrette bleue, il y aura toujours un appui, une aigrette bleue, une sœur, Marie l'aime autant qu'elle l'aime, elle, de manière infinie.

Elle a dix ans, vit dans ce village, un paradis d'arbres fruitiers au bord d'une rivière, elle est la reine de l'école et malgré tout l'amour autour d'elle, cela ne l'empêche pas de désirer, d'abord cette robe ruchée de mille plis et mille autres choses à découvrir encore.

Le lendemain, sœur Amalia demande à Azul de venir la voir avec sa mère.

Ximena retire le tablier qui protège sa pollera, change sa chemise pour un corsage en dentelle, retire son feutre noir de sa protection en plastique.

Sœur Amalia répète ce qu'elle dit à toutes les mères qui doivent envoyer les enfants travailler :

« L'éducation ouvre les cœurs et les bonnes volontés. »

Azul traduit en quechua à sa mère cette phrase qu'elle répétera, à son tour à tant de gens au cours de sa vie.

L'éducation ouvre les cœurs et les bonnes volontés.

Ximena, qui ne sait ni lire ni écrire, qui ne parle pas espagnol, mais connaît tant de recettes et de remèdes, est d'accord.

Sœur Amalia propose qu'Azul aille au collège, à Sucre.

Il y a un internat chez les sœurs de Marie-Jésus.

Ximena aimerait réfléchir.

Sœur Amalia dit aussi qu'elle paiera pour la robe de couronnement.

À Paris, trente ans après, Azul peut encore la décrire, cette robe orange. La jupe était bâtie sur le modèle d'une pollera indigène, une jupe avec des centaines de plis à la taille, mais longue jusqu'aux pieds. Le corsage s'ouvrait en cœur, avec des roses brodées, des noyaux teints et des paillettes.

Ximena offre une fête pour le couronnement de sa fille à tout le village et prépare un poulet piquant.

Ses sœurs sont parties, au début de l'adolescence, les unes après les autres dans la grande ville, Santa Cruz.

Azul a douze ans, elle sait très bien ce qu'elle veut. Aller à Santa Cruz, au collège.

Elle sera loin de Chuqui-Chuqui mais elle n'aura pas besoin de dormir à l'internat, elle vivra chez sa sœur aînée.

Elle prend seule le car, le 2 février 1977, quinze heures de route.

Elle se dit que son père n'a pas eu le temps de passer avec son tracteur pour l'aplanir, qu'un autre le fera à sa place un jour, qu'il suffit d'attendre.

Santa Cruz de la Sierra
département de Santa Cruz (Bolivie)

Azul a six ans quand, pour la première fois de sa vie, la porte du paradis s'ouvre et laisse partir quelqu'un.

Sa grande sœur de dix ans, Natalia, est la première à devoir quitter Chuqui-Chuqui. Elle est, jusqu'à son départ, le modèle qu'Azul souhaite imiter. Natalia est sage, elle sait avant que leur mère Ximena le demande quelle tâche accomplir, quel fruit cueillir, combien de temps cuire le maïs, selon la taille des grains et la manière dont on va le manger, le croquer, le réduire en farine, en faire une soupe, des galettes, des crêpes, un gâteau, avec du fromage fondu, en accompagnement d'une viande.

Natalia sait lire et écrire, parle espagnol, aide ses petits frères et sœurs à faire leurs devoirs, à s'habiller, les accompagne de leur côté de la rivière asséchée à l'école. Et quand il a trop plu dans la montagne, que l'eau coupe le village en deux, Natalia porte Azul sur son dos, puis le petit frère, pour qu'ils ne se mouillent pas les jambes, qu'ils arrivent à l'école le pantalon et les pieds secs.

Natalia décortique pour eux les achachairu, à l'écorce épaisse, leur apprend à planter les ongles dans la peau en faisant le tour du fruit pour l'ouvrir tel un œuf à la coque et goûter sa chair astringente, à faire de même avec une mangue et un avocat, les dépecer sans couteau et les suçoter ainsi tout en marchant.

Le jardin ne produit pas assez de fruits pour nourrir les neuf enfants de Ximena.

Malgré le troc, les liens entre voisins, le soutien des sœurs, les bonnes relations avec les Amérindiens des montagnes, Natalia va devoir partir à Santa Cruz pour travailler.

Santa Cruz est la capitale économique de la Bolivie. Un million d'habitants, aux entrées de la forêt amazonienne, les trottoirs du Casco Viejo, la place centrale, couverts d'auvents afin de se protéger de la pluie et du soleil, le XVIe siècle colonial mélangé aux vestiges incas, l'étendue sans limites des constructions modernes qui répondent à l'exode rural, la transformation de la feuille traditionnelle de coca en cocaïne, la délinquance, les dollars.

Natalia a douze ans quand elle s'installe seule à Santa Cruz.

Elle enverra la moitié de son salaire à sa mère, le reste, elle le gardera pour se loger et se nourrir.

Natalia part en novembre 1973, à la fin de l'année scolaire.

Une cousine installée à Santa Cruz a déjà trouvé un emploi pour Natalia. Elle dormira chez elle et fera le ménage chez des Espagnols. Douze ans, c'est presque tard pour commencer à travailler.

Natalia écrit à sa mère en quechua. Azul ne sait pas encore lire, la directrice de l'école comprend mal cette langue. Pendant longtemps, elle a enseigné dans une école de Tarija où la majorité des élèves était aymara, des Amérindiens, agriculteurs et éleveurs, originaires du lac Titicaca. La directrice connaît des miettes de quechua, d'aymara, de guarani, de chaporo mais mélange les langues. Heureusement, sœur Amalia a d'autres qualités.

Elle tente donc de lire de manière phonétique la lettre de son ancienne élève, à sa mère, pendant que la petite sœur, Azul, la corrige, prononce les mots en quechua puis à nouveau en espagnol pour que sœur Amalia comprenne ce qu'elle lit.

Les nouvelles sont bonnes. Peut-être grâce aux différentes traductions et déformations subies, la première étant celle de l'auteur qui ne souhaite pas se plaindre ni inquiéter sa mère.

Sa fille de bientôt treize ans, qui jouait encore à la maison, qui, même lorsqu'elle s'occupait de sa petite sœur Azul, de son petit frère Julio, jouait comme s'il s'agissait de deux grandes poupées vivantes, qui est aussi si consciencieuse, qui souhaitait rester dans l'enfance, bien que, dès l'âge de cinq ans, elle eût commencé à nettoyer, ranger, laver, cueillir, épépiner, éplucher, vit maintenant dans la grande ville où il n'existe plus aucune place pour le jeu ni plus aucune protection pour son corps de jeune fille.

Maman,

Ici à Santa Cruz, tout va bien, ne t'inquiète pas pour moi. Les plus petits, Azul, Julio et le jardin me manquent, mais tout va bien.

Dans la maison dans laquelle je travaille, il y a aussi un grand jardin. Je peux le voir. Le soleil brille. Tu serais contente, car je travaille dur, au début j'avais mal aux jambes, dans les bras, mais je suis bien habituée.

C'est une famille de Colombie. La dame me traite bien, j'ai le droit à une soupe de riz tous les soirs. Le monsieur est très rouge. Sa grosse tête et son gros ventre feraient rire Azul et Julio. Je prie la Sainte Vierge tous les soirs que le monsieur ne pense pas à mal. Je travaille avec ardeur et la Sainte Vierge le sait. Je prie pour toi aussi mamita.

Ta fille, Natalia

De douze ans à dix-huit ans, Natalia travaille quatorze heures par jour pour 180 bolivianos par mois. Après avoir lessivé et frotté les sols chez les Colombiens, elle fait le ménage des salles de classe de l'université le soir, puis quitte les Colombiens pour récurer l'appartement d'un professeur d'espagnol maniaque dans le nouveau quartier de Las Palmas. Elle a quatorze ans et le professeur d'anglais lui propose de suivre des cours du soir au collège Fe y Alegria où il enseigne. Il lui apprend aussi à repasser une chemise d'homme.

Et longtemps après, elle se dit que c'est une des choses les plus utiles qu'elle ait apprises, savoir correctement repasser une chemise d'homme, un passeport pour aller partout dans le monde des Blancs.

Rincer la chemise avec une cuillère à café de poudre d'amidon, la faire sécher sur un cintre, la manipuler le moins possible une fois que l'on commence à la repasser, utiliser les deux mains, la gauche pour lisser doucement le col, les poignets, passer le fer chaud d'un geste ample, sans trop appuyer, être léger et direct, ne pas hésiter, ne pas jouer avec la pointe en godillant, car le tissu se froisserait, suivre les coutures, économiser chaque geste, car un geste inutile risque de chiffonner le tissu, lisser et arrondir le col à la main.

Natalia installe sur un cintre la chemise, elle caresse les pans. Elle prend, avec le temps, un certain plaisir à accomplir cette tâche difficile.

Au début, elle avait peur de ne pas y arriver. C'était le professeur qui avait appris cela en Angleterre, il faisait les gestes rapidement, il maîtrisait ses mains, ses bras, le lourd fer, manipulait la chemise et paraissait si habile.

Elle a répété les mouvements, elle s'est brûlé la paume de la main en voulant rattraper le fer qui allait tomber, elle a troué une chemise.

Elle n'a pas dormi une nuit ne pensant qu'à cette chemise, oubliant la cloque rouge sur sa main.

Le matin, à 6 h 30, elle a tendu la chemise au professeur, il a vu sa main, n'a rien dit, a examiné la cloque gonflée de pus et l'a conduite au dispensaire.

Il lui a dit que pour lui aussi, en Angleterre, dans sa jeunesse, c'était difficile. Il ne lui a pas dit pourquoi.

Elle quitte les Colombiens qu'elle se garde de détester. Elle n'ose pas haïr, croit que c'est une offense à Dieu de haïr des êtres humains. Les Colombiens ne sont peut-être pas des humains, mais des cochons ? Lui si rouge et si gros, sa chair molle, exactement le cochon qui se promène dans Chuqui-Chuqui, celui qui a des taches noires sur le ventre.

De janvier à mars 1974, elle est chez le professeur le matin à 6 h 30 pour faire bouillir le café, le lit, balayer, lessiver, repasser, préparer le repas du midi et celui du soir, dégraisser la cuisine. À l'heure du déjeuner, elle court nettoyer les salles de classe du collège qui empestent la transpiration, relève les chaises, les collégiens sont incapables de se lever d'une chaise sans la faire tomber, ramasse par terre, cahier, manuels, stylos, blousons, chaussettes, laissées à l'abandon.

Natalia rassemble les fournitures, les vêtements oubliés, les plie, les tas grandissent jour après jour chez le concierge de l'école.

Elle ne se demande pas ce que tout cela devient. Elle pense parfois à un cardigan rouge orné de fraises roses brodées abandonné sur un banc de la cour.

Elle a caressé la laine d'alpaga, n'a pas tout de suite osé le mettre en tas avec les autres vêtements pour qu'il disparaisse sous des baskets solitaires et puantes, des tee-shirts mouillés et des cahiers à la couverture arrachée.

L'après-midi, quand l'université n'est pas en grève, ce qui arrive des mois entiers pendant ses années d'adolescence (et le mot adolescence ne convient pas pour elle, elle était adulte dès dix ans), elle ramasse les mégots laissés par les étudiants, se bat contre la poussière qui revient dès qu'elle a passé le balai.

Les semaines de grève, elle ne peut pas travailler et perd une partie de son salaire. Elle prend l'habitude de se promener dans les ruelles du marché de la Rotonda, observe les marchands et leurs clients. Quels étalages restent intacts ? Ceux qui descendent et remontent aussitôt ?

Elle s'essaie à tenir le stock dans différents petits commerces dont elle peine à se souvenir, tant ils sont nombreux (chaussettes importées, boîtes de conserve de thon, bouteilles de gaz). En fin d'après-midi, elle fait le ménage chez les Colombiens qui ne la paient pas. C'est leur accord. Un lit et un repas contre trois heures de travail.

La première année, il était question qu'elle suive les cours du soir du collège Fe y Alegria. Elle avait le droit d'y assister en échange d'une retenue sur son salaire.

Elle dîne de galettes de maïs fourrées au fromage jaune ou de brochettes de manioc, à 19 heures, elle tente de se concentrer sur les cours de mathématiques, d'espagnol, de chimie et de ne pas entendre les moqueries des collégiens, fils et filles de commerçants qui sont employés la journée chez leurs parents.

C'est trop dur. Elle arrête l'école. Elle a peur du cochon colombien. Tous les hommes sont des cochons, l'a prévenue sa mère sans lui expliquer comment faire face à un cochon.

Elle peut envoyer chaque mois 80 bolivianos à sa famille. Elle s'entraîne à se nourrir de peu, à économiser sur ses vêtements, ses jetons de bus pour envoyer le plus possible à Ximena, pour que sa petite sœur Azul, son petit frère Julio ne manquent de rien.

Elle pense à leurs jolis cartables remplis de cahiers, à l'écriture ronde des premières lettres d'Azul, à la photo qu'elle a reçue des enfants commandée à Sucre par sa mère. Leurs blouses bleues et leurs pantalons rouges, leurs sourires confiants. Natalia pense à eux, elle est heureuse, elle veut donner davantage.

Si elle pouvait trouver un emploi mieux payé, donner encore plus.

Elle a vu des journaux illustrés pour les enfants, avec des coloriages, des crayons de cinq couleurs différentes. Sur quoi pourrait-elle économiser pour les leur offrir ?

Elle prie tous les soirs la Sainte Vierge et communie le dimanche matin.

Elle a appris de sa mère à être exigeante avec elle-même et généreuse avec les autres.

L'argent que Natalia envoie permet dès le premier mois à Ximena d'acheter à Sucre deux cahiers et deux crayons pour Azul et Julio et une pelle en métal pour le jardin, le deuxième mois, des cotonnades qu'elle a échangées à la montagne contre de la viande.

Grâce aux 80 bolivianos mensuels de Natalia, quand Azul et Julio terminent la petite école de Chuqui-Chuqui et que sœur Amalia propose à Ximena qu'ils partent au collège, Ximena ne se dit pas que cela est impossible.

Ce sont les deux petits derniers, elle n'a pas d'autres enfants à charge.

Azul puis Julio sont les premiers de la famille à aller au collège.

Dès onze ou douze ans, les plus grands, María, Amadeo, Pilar, Martina, Alba et Natalia ont été employés dans les champs de Cochabamba, une usine de pneus à Santa Cruz, à faire le ménage dans un hôtel de Sucre.

Ils se disent qu'ils ont de la chance d'avoir trouvé un emploi. Ils sont unis dans cette même prière qu'Azul répétera à Santa Cruz, à Rome, à Ris. « Marie, Marie, mère de Dieu, aidez-moi, je vous en supplie, aidez-moi, que je m'en sorte, que j'arrive à travailler, à gagner de l'argent, à élever mes enfants, qu'il ne nous arrive rien de mal. »

Cette prière même Amadeo, qui travaille à l'usine de pneus américaine de Santa Cruz, qui rejoint les grandes luttes syndicales de 1977 pour le paiement des heures supplémentaires, qui est le premier à avoir réclamé davantage, qui ne croit plus en la Sainte Vierge, mais qui ne l'a jamais avoué, ne peut pas s'empêcher de la réciter la nuit ; aidez-moi, aidez-nous, aidez-nous, que nous nous en sortions.

Les plus petits entrent au collège Fe y Alegria de Santa Cruz.

Ils dorment chez Natalia qui a seize ans et un bon salaire. Au marché de la Rotonda, elle a un petit stand où elle vend des oranges. Il y a deux ans, elle a dit au cochon colombien qui se collait un peu trop, qui la regardait dormir la nuit, qui se frottait contre la porte, d'aller se faire foutre.

Elle ne sait pas comment elle y est arrivée. Mais elle a dit cela : va te faire foutre, et elle est partie.

À Santa Cruz, elle a découvert les fraises et les pommes qui ne poussent pas à Chuqui-Chuqui, regarde avec admiration sa petite sœur qui apprend des choses qu'elle ne connaît pas, la géométrie, la géographie, l'anglais, Azul penchée sur son cahier en train de dessiner d'étranges figures. C'est elle qui lui a appris ce mot : géométrie.

Au début, Azul est fière de montrer à sa grande sœur son cahier puis elle est gênée. Azul sait que si elle est entrée au collège Fe y Alegria, c'est parce que Natalia s'est sacrifiée pour elle. Sa grande sœur lui a confié que les Colombiens chez qui elle a commencé étaient « dégoûtants ». Azul tient ses cahiers bien propres, absorbe chaque mot, chaque notion enseignée. Tout ce qu'elle apprend a été payé par sa sœur, une part de son corps et de son âme.

Au collège, Azul a une nouvelle copine qui s'appelle Sandra.

Elle est allemande, enfin, bolivienne mais ses parents viennent d'Allemagne.

Il y a toujours eu des Allemands en Bolivie.

Des mennonites qui refusent de voir les années passer, des aventuriers arrivés trop tard pour faire fortune à Potosi, des paysans, des Juifs puis des nazis.

Ils ont été accueillis, ont exploité des terres, ont gardé leurs cheveux blonds, leur langue, brassent leur bière.

Le père de Sandra fabrique de la crème et du beurre avec le lait des vaches.

Un jour, Sandra lui confie :

– Mon père, c'est Hitler.

Azul ne la croit pas et le lui dit.

Sandra lui explique :

– Tous les enfants allemands sont les fils et les filles d'Hitler.

N'importe quoi, pense Azul, qui continue à jouer avec Sandra.

De toute façon, c'est sa seule copine.

Les autres lui volent ses cahiers.

Un jour, elle trouve dans la poubelle de l'école un cahier neuf qu'elle pensait avoir perdu.

Les filles du collège parlent à voix basse, mais suffisamment fort pour qu'Azul les entende. La plouc indigène, sa jupe à carreaux orange et verts, beurk, ses sandales en plastique, beurk, sa peau jaune, beurk.

Dans la maison de Chuqui-Chuqui, il n'y avait pas de miroirs pour se regarder. Ici, il y en a partout, dans les toilettes du collège, dans les vitrines des magasins, chez sa grande sœur, alors Azul se regarde.

C'est vrai qu'elle a la peau jaune, les filles ont raison, un jaune clair. Ses yeux sont bruns, avec un peu de vert autour de la pupille, ses cheveux, légers et ondulés. Elle ne porte pas de nattes comme sa mère et ses tantes, elle les coiffe avec un serre-tête en plastique blanc orné d'une marguerite achetée au mercado central. Elle se regarde, ne se trouve pas moche. Est-ce qu'elle est jolie ?

Elle pose la question à sa grande sœur qui lui répond :

– Tu es très belle. Les filles sont jalouses de toi. Tu es intelligente, tu es déterminée. Les autres filles sont jalouses et tu ne peux rien faire.

Les filles du collège ricanent et Azul ne sait pas encore se défendre. Cela viendra.

Elle n'a plus de crayons, plus de livres, plus de cahiers, ses affaires disparaissent. Les filles l'accusent. Azul est une voleuse, Azul a triché pendant les contrôles.

Azul est un instant découragée, elle voudrait retourner au paradis de Chuqui-Chuqui, arrêter le collège. Mais cela ne dure pas.

Natalia, elle, a bien arrêté. Elle ne supportait pas les ricanements des Espagnoles, des indigènes de la ville. Elles se croient supérieures, ce sont les pires. Parce que vous leur ressemblez et leur rappelez d'où elles viennent. Vous êtes des indigènes. Elles vous regardent et vous êtes sale.

Azul appartient au peuple le plus ancien, le plus puissant d'Amérique latine. Ses ancêtres étaient des savants, de grands commerçants, elle ne va pas s'abaisser devant ces têtes de Blancs.

Les filles disent :

– Azul a couché pour rentrer au collège.

– Azul est une idiote.

– Azul est nulle.

– Azul doit retourner dans son village.

– Azul n'a rien à faire ici.

Azul tente ensuite de se justifier. Elle n'a pas couché, juste embrassé un garçon à Chuqui-Chuqui et un autre ici.

Elle n'est pas idiote, elle avait de bonnes notes à l'école des sœurs, mais ici, au collège, le niveau est difficile c'est pour cela que ses notes ont baissé.

Elle n'est pas nulle.

Elle ne veut pas retourner dans son village. Elle ne gêne personne ici. Elle veut juste apprendre, car « l'éducation ouvre les cœurs et les bonnes volontés ».

Cela ne marche pas.

Natalia a arrêté le collège à la fin de la sixième parce qu'un après-midi (elle était inscrite en cours du soir afin de pouvoir travailler chez les Colombiens la journée), elle a eu si peur sur le chemin face à ces filles que sa jambe droite est devenue molle, elle a vomi sur son tablier. Elle n'y arrivait plus. La veille, les filles des commerçants qui fréquentaient les cours de jour, en sortant, l'avaient traitée de pute, quelques années après, leurs petites sœurs si bien élevées, dans de bonnes familles, la traiteraient de la même façon, la blesseraient, avec ce plaisir si commun à faire du mal, cracher, mettre à terre, soulever la jupe, arracher la culotte, rire et puis partir, lisser leurs cheveux gras, se frotter les mains et arriver ainsi à la porte de l'église ou de chez elles, se présentant en déguisement de jeunes filles parfaites, souriantes, les yeux baissés, la voix enjôleuse. Elles ont déjà oublié le mal commis. La petite de la campagne, la pute mal fagotée, qui n'a pas de prénom ni de famille, on lui aurait fait du mal ? Non. Aucune ne se souvient de Natalia, ni d'Azul, sauf une. Elle pense aux coups qu'elle a portés, à sa colère contre cette pute, la fille l'a mal regardée, la pute n'est pas une enfant de Dieu, la pute ne connaît que les coups, elle l'a bien mérité.

Ces filles-là, un jour, ces filles qui ont eu du plaisir à faire du mal, tomberont amoureuses, se marieront avec des garçons qu'elles n'auront pas choisis et la première nuit sera un viol, elles auront des enfants, deviendront des mères attachées à leurs petits, qu'elles tenteront d'aimer et d'élever le mieux possible. Elles auront oublié cet après-midi de mars 1975, elles avaient treize, quatorze ans, elles ont tenté de briser la vie d'une fille de leur âge et ont pris du plaisir à faire du mal.

Laissons-les à leurs tourments.

Natalia n'est pas retournée au collège et elle en est soulagée. Depuis qu'elle a dit au cochon colombien d'aller se faire foutre, elle travaille le matin au marché de la Rotonda, celui des pauvres et, depuis le départ du professeur, elle fait le ménage chez des expatriés américains.

Un travail pas pire qu'un autre. Elle n'en parle jamais. La paie est correcte, de quoi loger et nourrir Azul et le petit frère qui vient d'entrer à son tour au collège à Santa Cruz.

Un matin, Azul décide qu'elle ne renoncera pas.

La première qui ricane, Azul l'insulte.

Une indigène, une Quechua dont les parents tiennent un commerce au mercado central, sifflote quand elle la voit passer. Azul ne bronche pas.

Une autre arrive, puis une troisième, une indigène et une Espagnole.

Elles sont trois, Azul leur dit :

– Vous ne savez même pas qui est le père du garçon que j'ai embrassé ?

Elle sait s'y prendre, elle leur a fait peur.

– Mais c'est qui, son père ?

– Un homme qui possède la moitié des terres du pays.

Ici, il y a une légende, mais elle est vraie.

Une famille possède la moitié du pays. À Sucre, on peut voir par la route les hautes murailles qui cachent le château aux murs d'argent, au toit d'or, aux fenêtres serties de diamants, de la famille Patino.

Les filles s'inclinent. La pute s'est laissé embrasser par un garçon riche. C'est toujours une pute, mais une pute puissante.

Ce n'est pas terminé.

Azul a gagné la guerre contre les filles, elle doit continuer de lutter, car tous les jours surgit un nouvel obstacle.

Si elle veut continuer sa scolarité à Fe y Alegria, elle devra travailler la journée et aller au collège le soir.

C'est le premier jour des grandes vacances de l'année 1980. Elle a grandi, mesure un mètre soixante-trois, elle a les jambes des filles qui ont beaucoup marché dans la montagne, la même peau jaune et lisse, les yeux allongés, le regard doux, étonné, les cheveux sagement attachés, le nez qui commence droit et finit aplati, les pommettes rondes et hautes, elle a gardé le sourire clair de Chuqui-Chuqui. Elle n'est plus au paradis, elle affronte tous les jours la dureté, chaque jour un cran de plus, mais elle garde son sourire clair. On pourrait croire que c'est une façade, ce n'est pas cela, ou plutôt c'est cela aussi, le moyen de protéger son âme et sa foi.

Azul écrit à sa mère.

Maman adorée,

Quels beaux fruits sont mûrs dans notre jardin ? À Santa Cruz, il y a des fraises si rouges, des prunes violettes, des pastèques si lourdes qu'il faut être deux pour les porter. Pachamama doit beaucoup aimer Santa Cruz.

Ici, tout va bien. Le collège, le travail à la librairie. J'ai de bonnes notes.

Ce qu'elle a acquis dans la maison de sa mère, dans le jardin de Chuqui-Chuqui – la générosité, la force, la foi –, ne la quittera pas.

Azul travaille du lundi au vendredi, de 8 heures à 18 heures, dans la librairie-papeterie de l'avenue Gravita, là où se fournissent en livres scolaires les enfants de riches, ceux qui n'ont pas besoin de travailler.

Elle sert les gosses et leur mère, elle doit acquiescer à leurs demandes, répondre poliment, elle est de l'autre côté du comptoir, porte une blouse bleue. Il n'y a pas d'humiliation quand on fait parfaitement son travail.

Elle connaît les programmes et les livres adaptés, elle range les paquets de feuilles par tailles, couleurs, les classeurs par nombre de trous, les crayons, les gommes. Elle est rapide, efficace. Ce n'est pas suffisant.

Dans la librairie-papeterie de l'avenue Gravita, elles sont cinq vendeuses, lycéennes et étudiantes pauvres, et deux garçons.

Les deux garçons de dix-sept et dix-neuf ans, des malins qui savent faire semblant de travailler, ont arrêté le collège, parce qu'ils n'ont pas besoin d'étudier pour s'en sortir. Ce sont les fils du patron.

Les quatre vendeuses et Azul doivent, tous les jours, faire face à Marcelo et Lucho et à leur père, un vieux dégoûtant, gentil, mais dégoûtant. Il ne se contrôle pas le pauvre. Il est veuf, il n'a pas touché une femme depuis quinze ans, il doit avoir soixante ans. Il s'appelle Gustavo.

Marcelo, Lucho, Gustavo, chacun sa stratégie pour parvenir à ce qu'il veut, palper un sein, frôler une fesse, tâter une hanche. Le vieux est lent mais elles doivent s'en méfier.

Les filles ne s'en approchent pas à moins d'un mètre. Il les convoque dans le petit bureau du fond, Azul reste debout plaquée contre la porte, il se lève, Azul a bien fermé les boutons de sa blouse du cou aux genoux, alors qu'elle aimerait la laisser ouverte tant il fait chaud à Santa Cruz.

La ville est proche de la jungle amazonienne. La chaleur, de novembre à avril, vous enveloppe dans un état cotonneux qui vous donne envie dormir. Il y a des fleurs ici dont Azul n'a jamais senti le parfum auparavant. Des roses blanches, rose nacré, jaune lumineux, qui invitent à l'abandon.

Mais il ne faut pas.

Elle ne doit pas perdre son travail à la librairie.

Elle ne donnera rien non plus au vieux, pas un centimètre de sa peau. Alors, dans ce petit bureau où il fait si chaud, elle s'agite.

Elle gagne chaque fois le combat insidieux qu'il mène contre elle pour la toucher.

Lucho, le plus jeune, est un peureux. Il est maigre et peureux, il est aussi le plus pervers. Quand Azul s'y attend le moins, il est l'heure de fermer le magasin, une journée est passée, presque tranquille, elle a évité le vieux, elle sent sur ces fesses un truc, elle se retourne, c'est Lucho qui est collé à elle.

Elle lui fout une baffe. Sans un cri, sans un mot, elle lui en dégage une, il ne dit rien.

Marcelo, lui, veut la convaincre, c'est le playboy de la librairie, persuadé que son charme de gosse de riche, ses mots appris dans les telenovelas « holà, la plus belle », « mon minou », « sexy », « beauté », « tu ne sais pas ce que tu perds, toi », « viens, allez viens, mon amour », il va y arriver, tirer le gros lot et coucher avec elle.

Azul se moque de lui. « Tous des cochons », a répété Ximena à ses filles.

Chaque geste d'Azul est tendu, elle doit faire très attention, en plus du travail, des clients, du collège, de sa mère qui est loin. Elle ne peut pas additionner tout ce qui est difficile, elle ne s'en sortirait pas. Elle pense à plus tard, quand elle sera grande, qu'elle aura son baccalauréat, la première de la famille, qu'elle aura un travail, qu'elle pourra aider sa mère, ses sœurs, ses frères.

Oui, ce sera bien.

En marchant, car elle ne perd pas un moment, elle retire sa blouse bleue, en enfile une autre, celle du collège est grise.

Elle a trente minutes de marche pour se rendre en cours. Le temps de manger une galette de maïs au fromage et d'imaginer « après ».

Une maison avec un jardin, une maison peinte en rose, chaque pièce sera d'une couleur différente. Sa maman sera là, ils seront tous réunis, on fera un barbecue, avec du bœuf, oui, du bœuf avec le gras bien jaune, ruisselant sur les braises, on mettra des oignons rouges directement dans les braises, le gras coulera dessus. Azul est en train de poser les assiettes en métal sur la table quand elle arrive au collège.

Elle n'a pas eu le temps de faire ses devoirs, quand elle termine à 22 heures, elle est fatiguée, elle doit encore aider sa grande sœur pour le ménage, elle aimerait juste avoir un peu de temps pour elle afin de continuer son rêve de déjeuner avec du bœuf au gras jaune, dans la maison, avec toute sa famille.

Son père est là, il a changé, il est devenu gentil. Il ne crie plus, il ne tape plus sur sa mère.

C'est un rêve, Azul a le droit de tout imaginer. Elle a tous les pouvoirs, dont celui de ressusciter son père et de le rendre gentil avec sa mère.

Azul sert à tout le monde de grands verres d'eau à l'ananas ; de l'eau bouillie avec des peaux d'ananas, rafraîchie, on retire les peaux avant de la servir. C'est délicieux.

Son père boit, sa mère, ses sœurs et ses frères, ses tantes, ses cousins, tout le monde boit cette eau à l'ananas. Son père dit, c'est aussi bon que de se baigner dans un petit torrent de montagne et tous, ensemble, ils rient de cette comparaison. Ils sont assis à l'ombre du manguier dans le jardin de Chuqui-Chuqui, ou peut-être dans une maison, une nouvelle maison à Santa Cruz, qu'elle aura achetée avec son argent.

Elle fait ses devoirs le week-end. Elle ne se repose jamais. À quoi cela sert-il de se reposer ?

Sa mère dit toujours, tu te reposeras quand tu seras morte.

Elle s'évade ainsi, imagine des scènes merveilleuses, à l'odeur d'ananas, où toute la famille est réunie.

Une des vendeuses de la librairie, la plus âgée, une étudiante en sciences économiques à l'université de Santa Cruz, lui a raconté qu'un dimanche, un garçon l'a invitée dans une des cabanes qui bordent le Río Piraí, là où, les jours où il n'a pas plu et que le courant n'est pas trop fort, l'eau est plus claire, on peut se baigner.

Au bout de l'avenue du Coronado, des dizaines de cabanes ont été installées.

On peut y manger des empanadas, du manioc au fromage grillé, des gâteaux fourrés au riz, boire du chocolat, se baigner, on peut même louer des chevaux.

L'étudiante, Rita, est une fille menue, qui semble frivole mais qui est déterminée. Elle a confié à Azul.

– Je veux être riche.

Pour y arriver, il y a deux moyens, le travail ou se marier avec un garçon riche. Elle tente les deux en même temps.

Le garçon qui a invité Rita aux cabanes est riche, plus riche que le vieux et ses deux fils. Il s'appelle Manuel, il est le fils d'un député. Sa mère est une Espagnole, pure, à la peau claire, aux yeux verts. « Très élégante, je l'ai vue une fois sur la place du 25-Mai. »

Aux cabanes, sur le bord du Río Piraí, elle ne s'est pas laissé embrasser. « Si tu donnes trop tout de suite, tu n'obtiens rien. »

Ils ont bu un chocolat et se sont promenés main dans la main.

Elle sait baisser les yeux, adoucir sa voix, rire comme si elle avait une clochette au fond de la bouche. Manuel étudie aussi les sciences économiques. Il lit de gros livres.

Il ne sait pas que Rita travaille tous les jours dans une libraire-papeterie de l'avenue Gravita pour pouvoir continuer ses études.

Rita se demande quelle est la meilleure stratégie pour se faire épouser par le gentil Manuel. Elle interroge Azul qui pense que, les stratégies, cela ne sert à rien, sauf pour éviter le vieux et ses fils.

Pour l'amour, elle croit sa mère, sa famille, la Sainte Vierge et ouvrir son cœur en grand.

Des années après, Azul croise Rita à Santa Cruz, dans une des rues commerçantes, là où l'on vend des vêtements importés du Brésil et d'Europe.

Ses cheveux sont si tendus en arrière dans un haut chignon qu'on a l'impression que tout son visage est tiré vers le ciel.

Elle est toujours menue et porte des talons très hauts, avec une plateforme devant.

Elle vit dans un des condominiums de Las Palmas, le Torre Iberica, un de ses immeubles en verre et en béton, situés le long du golf gardé par un type armé.

Elle ne s'est pas mariée à Manuel, elle a trouvé plus riche.

– Un expatrié américain. Il vient de Philadelphie, il s'appelle Rick et a fait fortune dans le ciment. Il a acheté des cimenteries au début des années quatre-vingt-dix qui ne valaient rien.

Ils ont un petit garçon, Philip. Elle va peut-être divorcer, elle ne sait pas.

– Je dois réfléchir à ce que je veux de la vie. J'ai trente-deux ans. Est-ce que je veux plus ? Est-ce que j'ai assez ?

Toutes ces informations, elle les débite à Azul, les unes après les autres, bien rangées.

Pour Rita, la vie reste une stratégie, avec des vides à combler, des virages à prendre, des marches à monter, pour elle la vie est logique, avec un début, un milieu et une fin.

Azul n'est pas d'accord. Elle a commencé sa vie dans un paradis qui n'existe plus, elle espère en retrouver un autre un jour. Elle n'a aucune certitude, juste quelques désirs.

En 1975, 1976, 1977, 1978, 1979, 1980, 1981, 1982, Azul n'a toujours pas le temps d'aller passer un après-midi aux cabanes du Río Piraí et de tomber amoureuse d'un garçon.

Elle travaille.

Tous les ans, début décembre, elle prend le car pour Sucre avec Julio.

Ils dorment chez le grand frère marié à une fille de Sucre. Ils dorment par terre sur des couvertures dans l'appartement de la rue Bolívar.

Et le lendemain, en attendant le Dodge de 17 heures qui les emmènera à Chuqui-Chuqui, ils vont se promener vers le jardin de la Recoleta, le couvent qui surplombe la ville.

Les garçons grimpent, les filles descendent. Ainsi, les groupes se croisent, s'observent, plus ou moins discrètement.

Azul est habillée d'une jupe en jean et d'un tee-shirt orange, et chaussée de sabots rouges.

C'est dans cette tenue qu'elle voit Juan pour la première fois.

Il porte un tee-shirt Che Guevara, des lunettes de soleil.

Son jean est trop long, il traîne par terre, l'ourlet est abîmé.

C'est idiot, mais c'est ce qui touche Azul.

Ils se croisent une fois. Arrivée en haut du Barrio Polanco, Azul s'assoit sur un des bancs qui longent le couvent construit par les franciscains au XVIIe siècle. Elle l'a appris au collège Fe y Alegria, l'histoire de son pays, de ses villes, de ses églises.

Elle aime les récits des missionnaires qui ont bâti dans des villages des églises baroques somptueuses, pour que le plus minuscule des fidèles de Dieu puisse prier tel un prince.

Elle se recueille ici face au transept ceint de sculptures de bois recouvertes à la feuille d'or, la Vierge de Guadalupe, enchâssée d'or et d'argent, de diamants, de rubis et d'améthystes, d'émeraudes et de perles. Toutes ces richesses sont les siennes.

Assis sur le banc, Azul et Juan admirent Sucre, la ville de la liberté et de l'indépendance. La ville est somptueusement blanche.

Elle raconte à Juan que l'an dernier, avec le collège, elle est allée visiter Potosi.

La ville minière qui a enrichi toute l'Europe. L'Espagne, la France, l'Italie, la Hollande se sont construites avec l'argent de Potosi.

Il n'y reste que la désolation et une maison de la Monnaie imposante et inutile. Tout est si gris à Potosi, la ville la plus triste du monde.

Le professeur d'histoire d'Azul leur a expliqué :

– Vous ne pouvez pas comprendre l'histoire de votre pays si vous n'avez pas vu la misère à Potosi.

Voir ceux qui grattent la terre de leurs mains. Enfants de cinq ans, vieux messieurs courbés, indigènes qui ont perdu leurs chapeaux, femmes enceintes, qui n'ont même pas de quoi attacher leurs nattes, les pieds nus dans des sandales de plastique alors que la température en été ne dépasse pas les 8 °C, que le ciel n'est que gris, qu'on ne voit jamais de lumière, car la tête est constamment tournée vers le sol, de peur de rater la fortune.

De la ville la plus riche du monde, il ne reste qu'un reliquat de quelques rues pavées autour de la maison de la Monnaie, une grande place aux lumières électriques, et, au loin, les montagnes ouvertes, blessées, saignantes et bleues qui ont tout donné aux étrangers.

Et sur ce banc, le long du jardin de la Recoleta qui embaume les roses jaunes, à leurs pieds les maisons blanches de Sucre, Juan, qui travaille dans un garage et, Azul, qui est collégienne, se racontent leurs rêves.

Lui, le garçon de la rue, il aimerait suivre les cours de mécanique et Azul, qui parle beaucoup plus que lui ce jour-là, approuve car « l'éducation ouvre les cœurs et les bonnes volontés ».

Elle lui raconte qu'elle aimerait devenir professeur, « éduquer » les enfants, surtout ceux des rues, de Potosi, ceux qui cirent des chaussures sur la grande place dite de la Liberté à Sucre.

Juan est d'accord avec elle; d'ailleurs, il est d'accord avec tout.

Juan à sept ans portait l'eau et les fleurs contre des piécettes au cimetière de Sucre. À huit ans, il a reçu de son frère aîné une boîte en bois avec une brosse et du cirage et un emplacement de choix sur la grande place de Sucre, entre le Parador Santa María La Real et la Casa de la Libertad. Il avait la bonne taille pour repérer les souliers des sénateurs espagnols qui quittaient le Parador, ses multiples patios fleuris, ses vastes chambres avec lit à baldaquin, où l'on servait paraît-il le matin un buffet de gâteaux, aux zestes d'orange, à la crème d'amandes et aux amandes en poudre, au riz, au chocolat, des flans aux fruits confits dont on pouvait se servir autant que l'on voulait. Juan tentait d'imaginer une vie dans laquelle on pouvait vraiment prendre autant de parts de gâteau que l'on souhaitait. Il observait le ventre gras des sénateurs. Qu'est-ce que cela fait de manger autant de gâteaux que l'on souhaite ? Qu'est-ce qu'on ressent ? Est-ce qu'on est très heureux ?

Il s'imaginait que oui. Forcément.

Sa mère, qui avait fait le ménage pendant deux ans au Parador avant de se faire virer du jour au lendemain, accusée d'avoir volé un échantillon de shampoing, lui avait fait le récit enchanté et minutieux du buffet de gâteaux du Parador, de l'ameublement des chambres, commodes de bois sculpté de fleurs, lit aux baldaquins de paille afin de conserver la fraîcheur du petit matin, ainsi que des différentes sortes de fleurs des patios, lis, roses, orchidées et fleurs que l'on n'avait jamais vues à la campagne. Les patios du Parador étaient si nombreux, que l'on pouvait croire en franchissant une première arche ouvrant sur une première cour, une deuxième puis une troisième, que l'hôtel était sans fin.

Ce Parador, ancienne cour de justice de la Couronne espagnole qui avait régné au XVIIIe siècle sur un territoire immense qui allait du Mexique à l'Argentine, devenu un hôtel de luxe pour sénateurs boliviens, se rendant d'un pas assuré à quelques centaines de mètres à la Casa de la Libertad, est un emplacement recherché par les petits cireurs. Ils n'ont qu'à baisser les yeux pour repérer les souliers de cuir nécessitant un coup de brosse, se pencher et frotter sans même avoir à croiser le regard des sénateurs. On peut d'un coup d'œil deviner la taille du ventre, en fonction de l'ombre portée devant eux.

Juan se contente d'une pause d'une seconde, le martèlement d'un pas qui s'arrête, un signe suffisant pour s'emparer de la boîte à cirage qu'il ouvre du pouce, pendant que l'index soulève le couvercle, la main droite s'emparant d'un chiffon, le soulier est déjà couvert d'une couche luisante, il n'a plus qu'à brosser avec toute la force de ses huit ans. Le meilleur cireur est le plus rapide, le sénateur est pressé, il ne regarde pas le petit cireur, ni ne vérifie le polissage de ses chaussures, il parle avec un autre sénateur, lit *La Razón*, le petit cireur entend la pièce tomber dans la boîte en bois, s'il n'a pas de chance, elle roule sur le trottoir, Juan est cireur jusqu'à ses treize ans puis trouve un travail chez un garagiste, c'est le plus beau jour de son enfance.

On se quitte là parce qu'il est l'heure du Dodge blanc pour Chuqui-Chuqui et ils n'ont pas de numéros de téléphone à s'échanger. Ils peuvent espérer se croiser une prochaine fois, par hasard, à Sucre ou ailleurs.

Azul a dix-huit ans, elle est secrétaire dans une entreprise de cosmétique française, Yves Rocher. Elle a droit, en plus de son salaire, à des échantillons de shampoing, de crèmes, de parfums qu'elle partage avec Natalia. Elles vivent ensemble dans une même pièce où sont exposés sur un coton bleu nuit leurs trésors communs, pierres peintes, minuscules bouteilles de parfum français, une vierge en laiton doré.

Le dimanche elle peut aller au bord de la rivière, là où sa copine Rita a trouvé un riche. Il n'y a pas comme sur le Río Chico de muret qui permette de sauter dans l'eau, mais de petites plages d'un sable noir et collant sur lequel on peut s'allonger en maillot de bain.

Azul a teint, avec du jus de tamarin, une culotte et un soutien-gorge qui font office de vêtements de plage. Elle regarde les garçons et les filles autour d'elle qui se tiennent la main.

Elle sait que cela va être bientôt son tour.

Natalia et elle ont joué au dé à cinq faces qui permet de prédire l'avenir. L'amoureux promis est un garçon qu'elle a déjà rencontré. Il n'est pas loin, il va apparaître. Ils auront un garçon ensemble.

Azul a bondi de joie et Natalia s'est moquée de sa petite sœur. Ce n'est qu'un jeu.

Azul a cette fierté, elle est une descendante des Incas qui ont bâti un empire, affronté les périls et les ont déjoués grâce au talent de divination des prêtres. Bon, ni elle ni Natalia ne sont de grands prêtres, mais l'enjeu est moindre, il n'est pas question de gagner une guerre, de construire une ville, mais de trouver un amoureux.

C'est la discussion numéro un avec les filles du bureau chez Yves Rocher.

Un lundi matin, elle annonce aux autres :

– Voilà, je suis amoureuse. Et cet amoureux, c'est Juan, le garçon de Sucre qui travaille dans un garage, rêve de faire une école d'ingénieurs.

Ils se sont reconnus tout de suite.

L'adolescent noueux est devenu un très beau jeune homme au corps compact, un casque de cheveux noirs bouclés et épais, les yeux brun clair, toujours souriant. Il a toutes les filles qu'il veut, il choisit Azul, parce qu'il sait qu'elle est la plus forte.

Il n'a pas pu faire son école d'ingénieurs à Cochabamba, mais quand il écoute Azul, il se dit que ce n'est pas trop tard, il n'a que dix-huit ans. Il aimerait suivre des cours le soir et continuer à travailler la journée dans le garage de camions de Santa Cruz où il a trouvé un emploi.

Elle l'encourage, l'aide à remplir les papiers pour s'inscrire au collège technique de Santa Cruz. Il a tout à apprendre, sait à peine lire et écrire. À dix-huit ans, il n'a pas le niveau d'un élève de sixième, alors les soirées d'Azul sont désormais consacrées à Juan.

Elle est très heureuse de l'aider, elle est très amoureuse et rien ne lui fait davantage plaisir que d'avoir à ses côtés Juan qui l'écoute, tente de recopier les phrases qu'elle lui montre sur ses anciens cahiers. Elle se laisse embrasser une fois le travail terminé.

Une page d'écriture, un baiser.

Très vite, Azul est enceinte et Juan atteint le niveau pour entrer en sixième au collège technique.

Il lui semble alors que ses efforts ont été récompensés, et que désormais la vie sera douce.

Azul travaille jusqu'à l'accouchement, Juan rentre tard le soir, car il suit les cours, le week-end, il est fatigué. Azul l'incite à reprendre ses leçons. Elle ne peut plus l'aider, il lui montre des cahiers couverts de schémas, de calculs.

Juan s'accroche, moins pour lui que pour ne pas décevoir Azul.

Ils ont un petit garçon. Il se nomme Miguel. À sa naissance, Azul espère que Juan va l'épouser, mais il ne la demande pas en mariage.

Juan est un vrai Bolivien, un macho qui trouve déjà qu'il travaille trop. Cela fait plusieurs mois qu'il ne va plus en cours le soir et retrouve des copains pour boire des bières au bout de l'avenue du Coronado, dans les cabanes du bord du Río Piraí, là où se retrouvent les filles et les garçons. On boit, on drague, on couche derrière les bosquets, dans les cabanes vides.

À vingt ans, Azul est la mère d'un petit garçon d'un an, secrétaire chez Yves Rocher. Elle est une femme dans un pays de machos, elle connaît parfois des moments d'apaisement, mais la plupart du temps, elle se bat. Ce n'est pas une lutte pour de grandes choses, pour bâtir une ville, gagner une guerre contre l'ennemi, non, elle mène une lutte minuscule, presque invisible, pour avoir de quoi manger, un toit pour elle et son fils, pour ses proches, pour que chacun ait de quoi vivre, faire le bien.

Ce n'est pas la peine de pleurer, d'invoquer le dé à cinq faces. C'est ainsi.

Après le baccalauréat, Julio, le petit dernier, a fait des études de droit. Il deviendra avocat, oui, avocat.

C'est-à-dire qu'il loue une de ces cabanes recouvertes de planches de bois colorées avec un grand panneau sur lequel est écrit à la main en espagnol « Asistencia juridica » et en anglais « Legal Advice », son nom et son numéro de téléphone.

Azul aurait bien aimé être professeur d'espagnol, des études trop longues pour une fille.

Ici, les femmes font tout, les hommes boivent de la bière, mâchent de la coca, cherchent des filles pour coucher, jouent aux cartes. C'est un pays de machos, sauf Julio et peut-être aussi Juan.

Les hommes font des enfants à droite à gauche, ne tiennent pas leurs promesses, n'épousent pas les mères, ont des dettes de jeu, ne gagnent pas d'argent et pensent que c'est eux qui doivent décider de tout.

Pourtant, Azul sait que la femme et l'homme andins ont été créés à égalité par Pachamama.

Ce jour-là, le ciel ressemblait à un miroir resplendissant, tel le regard que l'on porte, plein d'amour, sur un nouveau-né. Tous les astres lumineux de l'univers se sont rassemblés au bord du lac Titicaca afin de créer la vie.

La prière disait cela : « Ô Pachamama, fais naître de ton ventre sacré l'homme et la femme. » L'homme et la femme sont venus en même temps au monde, ils sont des époux et des amoureux, épris d'amour, de générosité, de bonté et de lumière.

Où tout cela est-il passé ? Cela doit bien être quelque part ? Car les montagnes, les rivières, les cascades, les oiseaux, les fleurs sont tous présents autour de nous. Pourquoi les hommes andins, sauf le petit frère Julio qui est si gentil, sont-ils devenus ces gros machos qui ne font rien ?

Ils goûtent pourtant avec le même désir la chair des fruits de la terre.

En plus de son travail de secrétaire chez Yves Rocher, Azul possède un stand de fruits au marché des Sept-Rues. Elle y a placé une vendeuse.

Tout va bien. Non, tout va mal.

Elle dit à Juan d'aller se faire foutre avec ses poules.

Il doit partir de la maison. C'est terminé.

Azul a l'habitude de marcher vite pour éviter les soucis.

Si un souci la rattrape quand même, elle agit comme elle a appris au collège Fe y Alegria, elle frappe.

Miguel ne mange pas, il crie beaucoup trop fort pour un enfant d'un an. Il pleure toutes les nuits et, la journée, il est trop fatigué pour rire. Elle voit tous les médecins de Santa Cruz les uns après les autres. Pour les payer, elle vend ses bijoux, son collier en argent orné d'une bolivianita, une pierre transparente, mauve tirant vers le jaune, ses bracelets de noyaux teints en rouge, ses bagues en argent, ses échantillons de parfum. Miguel ne guérit pas. Au marché de la Rotonda, parmi les vendeurs de jus de cacahuètes parfumé à la cannelle, de jus de pêches séchées, les découpeuses d'ananas qui crantent puis cisèlent le fruit, les marchandes cachées derrière d'énormes sacs de plastique emplis de feuilles de coca, une marchande d'herbes (romarin, basilic, genêts, chardons que l'on ne mange pas, mais qui doivent vous guérir de tout) la voit avec son fils qu'elle porte, maigre, fatigué et lui conseille d'aller chez un sorcier.

Azul n'y croit pas, elle ne brûle pas les grandes feuilles de papier journal recouvertes de mini-offrandes roses et jaunes, petites pyramides de poudre blanche, bâtonnets, dons pour la terre, dons pour les esprits, dons pour faire pousser les plantes, dons pour la prospérité commerciale, elle croit en Dieu, la Sainte Vierge, la terre, la solidarité familiale et Pachamama.

Pachamama n'a rien de mystérieux. Elle est présente, elle nourrit, on peut la toucher, elle est notre terre féconde.

Mais Azul décide de croire le sorcier, car elle n'a pas d'autre choix. Miguel va mourir. Elle a vu tous les médecins, elle a dépensé toutes ses économies. La marchande d'herbes l'accompagne chez un homme très âgé. Il semble en verre, la tête à peine recouverte de fins et longs cheveux blancs, les yeux beiges, une chemise et un pantalon qui ont dû être blancs.

Il assène d'une voix douce son diagnostic : Miguel a ressenti une grande peur et son âme est partie.

Il est d'abord nécessaire de lui redonner des forces. Le vieux monsieur beige accompagne Azul et son enfant chez un équarrisseur.

Azul n'a pas l'habitude des odeurs âcres de la viande fraîche, des flots de sang épais qui coulent le long des murs, des gémissements des bêtes.

Le sorcier place délicatement le bébé dans la panse encore tiède d'un bœuf qui vient d'être tué, une panse pleine de ses intestins et de restes de digestion. Azul a peur que Miguel ne pleure, ne supporte pas la chair gluante de la panse. Mais il geint à peine quand le sorcier le glisse dans la chair. Il se rendort et Azul le regarde dormir. Cela dure une heure. Miguel se réveille sans pleurer. Il est rincé avec une eau qui a d'abord bouilli avec une poudre orange qu'Azul ne connaît pas. Azul doit continuer à le nourrir avec son lait et cette décoction orangée.

Elle doit revenir voir le sorcier dans huit jours.

La fois suivante, Miguel paraît plus fort.

– Il est prêt à retrouver son âme, explique le sorcier.

Il fait tinter une toute petite cloche et, d'une voix atone, il demande à l'âme de Miguel de réintégrer son corps. Il le fait patiemment. Cela dure très longtemps, le vieux monsieur prend un ton et utilise des mots de plus en plus tendres pour convaincre l'âme de revenir.

Miguel soupire.

– Voilà, l'âme est revenue.

Miguel est guéri.

Quelques mois après, Azul a voulu recommander le vieux monsieur à des amis malades, mais il avait disparu. Il n'habitait plus dans sa maison pas très propre. La marchande d'herbes lui a dit qu'il était mort.

Pour que Miguel guérisse, elle était auparavant allée prier la Vierge de Cotoca.

Elle n'était pas allée à pied de Santa Cruz à Cotaca, comme le font certains en signe de pénitence. Elle avait demandé à Juan de l'accompagner. Elle avait acheté dix bougies blanches et elle était entrée dans l'église où la Vierge était apparue en 1902. Deux hommes fuyaient, car ils avaient été accusés à tort d'un vol. Ils s'étaient mal cachés dans un tronc d'arbre à moitié détruit. C'est alors que la Vierge était apparue et les avait protégés.

Azul avait prié. Elle avait prié simplement, sans ostentation, rapidement.

Aucun de ses amis n'avait vu ses vœux exaucés par la Vierge de Cotoca, mais elle savait qu'il y avait eu ici de nombreux miracles.

Elle n'avait pas besoin de preuves pour croire à la Vierge de Cotoca.

À l'extérieur de l'église, sur de petits stands, on pouvait se procurer des maisonnettes de bois, des bébés en chiffon, de faux billets, on achetait ce que l'on souhaitait pour le faire consacrer par la Vierge et ainsi le vœu (une maison, un bébé, de l'argent) pouvait se réaliser.

Azul en avait profité pour acheter des gâteaux, c'est à Cotoca qu'on trouve les meilleurs gâteaux de Bolivie. Des biscuits au fromage et au maïs, au sucre de canne, au chocolat, des crêpes de maïs, du pain au riz et au lait.

Quelques semaines après son retour à Santa Cruz, la marchande d'herbes du marché de la Rotonda lui avait conseillé d'aller voir le vieux sorcier qui avait guéri Miguel. C'est la Vierge qui l'avait mise sur son chemin.

Depuis Miguel est guéri et adore les biscuits au cacao de Cotoca.

Azul a droit à des congés payés, une semaine de vacances, par la société Yves Rocher. Une semaine où elle sera payée sans avoir à travailler. C'est la première fois. Elle souhaite aller voir sa mère à Chuqui-Chuqui, avec Miguel qui a presque deux ans. Justement, le frère d'une fille du bureau doit se rendre à Sucre, avec son camion. Ils partageront le prix de l'essence. Azul a fait des courses, des sachets de feuilles de coca pour ne pas s'endormir sur la route, des petits pains au manioc et au fromage, du Fanta orange.

Le frère est très gentil. Il ne veut pas qu'Azul lui donne de l'argent pour l'essence, il trouve Miguel « magnifique », il mange en une heure toutes les provisions qu'Azul a achetées pour la route. Ils roulent une nuit entière et encore une journée.

Moise conduit et, tout en conduisant, sort de son sac à dos un sachet en plastique rempli de feuilles de coca. Il retire les tiges des feuilles. Il mâche plusieurs grosses poignées. Puis il ouvre une boîte en plastique pleine de poudre blanche, du bicarbonate de soude, qu'il avale pour ne pas avoir mal au ventre.

Il en propose à Azul qui préfère manger de grosses céréales cuites au marché.

Quand les provisions sont terminées, il achète sur la route aux petits marchands qui se tiennent debout sur des caisses pour qu'on les voie de loin (et ne pas se faire écraser) des sachets de biscuits, de viande séchée, de quinoa.

À l'entrée de Sucre, il s'arrête pour montrer à Miguel les traces laissées par les pieds des dinosaures.

Sur la route, il lui a raconté toute l'histoire ; il y a très, très longtemps, plus de soixante millions d'années, l'Argentine était recouverte d'un lac et la Bolivie était une plaine marécageuse où vivaient d'énormes dinosaures.

En courant, ils laissaient d'énormes traces de pieds, chaque empreinte était aussi grande qu'une maison.

Quand Miguel a bien regardé ce que lui montrait Moise puis s'est rendormi, celui-ci se tourne vers Azul et lui demande :

– Tu veux qu'on fasse notre vie ensemble ? Avoir d'autres enfants avec moi ?

Azul répond, oui.

Il l'accompagne jusqu'à Chuqui-Chuqui, voir le jardin, la rivière et Ximena.

La vie entière de Moise est désormais tournée vers Azul. Comment faire plaisir, aider ?

Au début Azul est étonnée, séduite, et puis cela l'agace un petit peu, cet homme si gentil, prêt à l'accompagner partout. Il faut qu'elle s'habitue.

Quand il sort de la voiture, elle est troublée par sa taille. Très grand, les épaules costaudes, il n'est pas beau comme Juan. Mais des types comme Juan, elle en a assez. Les dents de Moise se chevauchent un peu, son teint est presque clair, il doit avoir beaucoup de sang espagnol, cependant il reste quechua. Son nez large et courbé ressemble à celui des sénateurs dont on admire les portraits dans la grande salle de la Casa de la Libertad qu'ils vont visiter avant de se rendre à Chuqui-Chuqui.

C'est lui qui a proposé que l'on s'arrête devant le beau cimetière de Sucre, où on trouve les plus belles fleurs.

Des vendeuses cernées chacune de dizaines de seaux fourrés de glaïeuls, roses, marguerites, iris.

Moise et Azul vont en offrir aux vivants et aux morts.

En 1995, la route qui traversait Chuqui-Chuqui a été détournée.

Un pont a été construit sur le lit de la rivière asséchée, mais qui se gonflait d'eau à la saison des pluies, empêchant les enfants d'aller à l'école.

La vingtaine de camions qui passaient chaque jour, la dizaine de voitures ne s'arrêtent plus devant les petites tables dressées devant les maisons proposant des mangues, des goyaves, des avocats, du jus de cacahuètes, des pêches séchées, des litres de limonade au citron jaune fluo, à l'orange orange fluo.

Ximena dressait deux tables et quelques chaises en plastique, un petit restaurant pour les commerçants et les routiers qui traversaient Chuqui-Chuqui. Elle préparait une soupe au maïs et servait des empanadas à emporter pour ceux qui n'avaient pas le temps de manger à table.

Le détournement de la route a marqué la fin de ce minuscule commerce et d'autres encore.

Aujourd'hui, il faut huit heures pour se rendre de Santa Cruz à Sucre et un peu plus d'une heure pour descendre dans la vallée, de Sucre à Chuqui-Chuqui.

L'air frais de Sucre est adouci par un vent qui tiédit au fur et à mesure que l'on descend vers la vallée.

La voiture est accompagnée par une nuée de papillons blancs.

Azul s'émerveille.

Les papillons blancs l'entourent et montent vers le village avec eux.

Un grand panneau indique « Bienvenue à Chuqui-Chuqui ».

Il faut quitter la route goudronnée pour entrer au village sur un chemin de pierre.

Un peu plus loin sur le chemin, se trouve la maison de Ximena. En contrebas, un homme âgé, le pantalon trop large serré par une ceinture en toile rouge et jaune, un chapeau noir, tente de faire glisser des cannes à sucre séchées entre deux murs de pierre pour fabriquer un abri.

Azul va lui serrer la main. Il s'arrête brièvement, il a du travail. Il désigne sa chaquitaclla, un outil qui existe depuis toujours ici. Un long bâton de bois d'un mètre cinquante, large de quatre doigts, plat d'un côté, rond de l'autre. À quarante-cinq centimètres du bout est attaché un étrier, une pointe en bois, une pointe en métal. Il sert à tout, bêcher, retourner des mottes d'herbe, labourer, construire. On le retrouve dessiné sur les céramiques incas, des gravures du XVIIIe, inchangé.

La chaquitaclla ne se manie jamais seul. Par groupes de cinq ou six, les paysans passent de jardin en jardin, de champ en champ, de voisin en voisin. Personne ne laboure, ne sème, ne bêche, ne construit tout seul de son côté. Ce serait trop difficile. Seul, ce n'est même pas imaginable. Par petites mutualités de frères et de sœurs, on avance, on échange, on donne. Cela a toujours été ainsi, l'outil n'est pas conçu pour un travail solitaire. Les hommes en demi-cercle travaillent, tranchent et soulèvent les mottes de terre de grande taille. Les femmes, elles, ramassent les mottes en l'air et les découpent en morceaux avant qu'elles ne retombent. Le plus souvent, plusieurs petits groupes travaillent côte à côte, c'est à celui qui ira le plus vite. Le travail est moins monotone, on observe le groupe voisin. Va-t-il plus vite, plus loin, plus fort ? On se donne, de cette manière, du cœur à l'ouvrage.

L'homme montre sa chaquitaclla, et dit à Azul qu'elle ne doit pas s'inquiéter, il n'est pas seul, il attend des frères, des cousins, des voisins.

Ils vont travailler ensemble et si lui ne peut plus manier sa chaquitaclla, cela n'a pas d'importance. Ils seront là pour lui.

Sur le muret est assise sa femme. Elle fait un grand sourire à Azul, il lui manque toutes les dents. C'est une belle vieille dame aux yeux verts, les pommettes hautes, une pollera en velours mauve et un corsage de dentelles recouvert d'un tablier sans manches à large poche.

La vieille femme et Azul ne se sont pas vues depuis longtemps. Azul demande des nouvelles de sa fille, qui était son amie. La vieille femme résume la vie de celle-ci en quelques phrases.

– Elle est allée à Buenos Aires travailler. Je garde ses enfants.

Elle fait un petit signe de croix à peine visible et puis soupire.

– Son mari est parti pour une autre. Après elle a eu un autre mari, mais il s'est tiré lui aussi.

Elles se parlent en quechua.

Azul est concentrée sur chaque personne, en quelques minutes de conversation, elle apprend l'essentiel. Elle est rassurée. Les enfants ici vont bien et leur mère envoie de l'argent. On ne manque de rien grâce à elle, aux voisins et au jardin.

Ximena a pris le car de Sucre ce matin, elle est déjà de retour.

En voyant sa fille arriver avec cet homme si gentil, elle rit.

Il n'y a rien de moqueur dans ce rire, elle pense au pouvoir de Pachamama qui a créé l'homme et la femme égaux et amoureux, un jour où le ciel ressemblait à un miroir resplendissant.

On dit aussi que, par cette aurore, le dieu Soleil annonçait toute une vie nouvelle et pleine d'allégresse.

Azul a hérité de sa mère cet optimisme qui ne contient aucune naïveté.

Le village n'est plus celui qui attirait toute la vallée.

Devant sa maison, un perroquet vert mange des goyaves roses sur l'arbre, un chiot, un chat, trois poules, deux ânes, des cochons, certains à taches brunes, d'autres presque blancs.

Tout en parlant en quechua, Ximena lave deux assiettes en métal colorées de fleurs rouges, elle glisse dans l'eau bouillante deux œufs, elle a cueilli sur l'arbre des piments qu'elle hache menu et mélange à de l'huile, elle fait cuire aussi du manioc, de gros grains de maïs, elle verse dans les assiettes en métal la soupe de maïs, avec un os de viande. Elle ajoute une pierre qui chauffait sur la gazinière pour que la soupe reste bien chaude.

Azul n'a pas faim, mais elle sait que si elle ne s'assoit pas pour partager le repas, Ximena sera triste. Le banc est recouvert d'un tapis à rayures fuchsia, bleues et marron, passé à cause de la pluie. Elle et Moise s'assoient et mangent. Ximena parle, raconte ceux qui sont partis, ceux qui arrivent. Les Indiens de la montagne vivent désormais dans les maisons vidées par ceux qui sont loin. Azul l'écoute en hochant la tête et approuve, la vie est bien dure là-haut, ici, il y a les jardins et la rivière.

Pendant que sa mère rince les assiettes dans le bac en plastique, Azul entre dans la maison et s'arrête devant le coffre de son père. Elle allume une bougie, la flamme se tient droite.

Elle engueule son père.

– Pourquoi tu n'as pas été gentil avec ta femme ? Qu'est-ce que cela aurait changé pour toi d'être bon avec elle ? Qu'est-ce que cela t'a apporté d'être violent ? Rien. Tu étais fort, le meilleur tractoriste, tu étais populaire dans les villages, pourquoi tu n'as pas été ainsi avec ta famille ?

Azul se radoucit, tout cela, elle le marmonne, cela suffit pour qu'il l'entende.

– Ma mère t'aime quand même. Moi aussi, je t'aime, mon père.

Elle pose sur son coffre cinq tiges de glaïeuls, les fleurs les plus chères pour son père et l'embrasse.

Au cimetière de Chuqui-Chuqui, Azul, Moise et Ximena passent de tombe en tombe.

Sont là les grands-parents maternels d'Azul, deux tantes, un frère mort à trente ans, la fille de sa cousine morte à neuf ans d'un cancer. Le père de la petite fille était parti, il avait d'autres enfants avec sa nouvelle épouse, il a refusé de donner de l'argent pour la soigner. On aurait pu la guérir au Brésil, il aurait fallu que son père vende sa maison, sa maison avait plus de valeur que sa fille. La mère de la fillette est devenue folle de douleur, elle est enterrée à côté de son enfant. Deux ans après, le père a perdu sa maison en jouant aux cartes.

Les fleurs de camomille sont pour la petite fille.

Elle était blonde. Des ancêtres espagnols.

Azul caresse sa tombe de ses deux mains. Elle se tourne vers Moise, je crois qu'elle va bien.

Ensuite, viennent les tantes et les grands-parents, avec eux, elle est respectueuse. Ils sont très âgés. Azul, Ximena et Moise, qui ne les a pas connus, restent une dizaine de minutes devant chaque tombe. Il faut les nettoyer, poser quelques fleurs, trouver les mots justes pour ceux qui vous protègent.

Il faut faire attention à l'esprit de chaque mort, prendre le temps de s'en occuper.

Puis tous montent à l'église.

Les cloches ont sonné, il y a une messe de mariage cet après-midi.

En entrant, Azul regarde à droite à gauche sur les bancs de la solide église de pierre, il y a des jeunes filles en minijupe, d'autres en pollera, voir qui elle va saluer, embrasser, avec qui échanger des souvenirs.

Elle regarde très attentivement et se tourne vers sa mère, elle ne comprend pas.

Elle ne connaît aucun des hommes habillés de costumes, vestes croisées trop grandes, pantalons serrés non par une corde, chemises pas repassées au fer, mais lissées, tirées du plat de la main. Des hommes de petite taille aux moustaches de poils si légers qu'on dirait celles d'adolescents. Elle se souvient de tous les noms et de toutes les histoires des habitants de Chuqui-Chuqui, les histoires des arbres, les saisons des fruits, elle peut deviner la couleur de l'eau de la rivière avant même de la voir, l'acidité des mandarines selon l'heure à laquelle vous les cueillez, elle décèle dans le regard d'un enfant de sept ans qu'il porte en lui le drame. Cette voisine a perdu la miséricorde. Azul la regarde marcher vers la rivière, observer avec dureté les fruits qui ne lui appartiennent pas, amère de ne pas les posséder, déçue de ceux qui poussent chez elle. Bien malheureuse.

Ici, sur ces bancs qu'elle connaît par cœur, pour les avoir éprouvés dimanche après dimanche, elle ignore tout de ceux qu'elle voit à ses côtés. Ces hommes aux costumes trop grands, ces filles jeunes en minijupe, ces femmes plus âgées en pollera à mille plis. Et c'est un vertige jusqu'à l'appel de la communion où elle se lève et suit les nouveaux habitants de Chuqui-Chuqui.

Les mariés sortent de l'église. La mariée est vieille, au moins trente ans. Ici, si on n'est pas en couple à dix-huit ans, on est foutu.

Elle est moche, vraiment. Le large visage râblé, elle a un air furieux. Lui s'en fiche. Il pourrait être devant le car de Sucre, attendant son tour pour monter, il ferait la même tête. Il est plus jeune qu'elle, maigrichon, une fine moustache.

Azul croise un regard connu, celui d'une fille qui était dans son école une classe en dessous et d'un autre village. Azul est contente, elles se serrent l'une contre l'autre.

– Alors ce mariage ?

L'autre raconte tout. La fille a vingt-neuf ans. Le garçon vingt-sept. Ils viennent de la montagne. Là-haut, il n'y a pas beaucoup de choix.

Ils vont s'installer à Chuqui-Chuqui, tout est organisé pour eux, ils auront même un jardin.

Autour d'eux, les filles en minijupe et celles en pollera se comparent les unes les autres. Elles vont toutes aller danser ce soir. Peut-être que l'une d'elles tombera amoureuse d'un garçon gentil ? Azul l'espère. Elle espère aussi que le garçon à la fine moustache sera gentil, cette nuit et les nuits suivantes, avec sa femme qui ne veut pas de lui.

Ximena va vendre le jardin et partir vivre avec ses enfants à Santa Cruz.

Moise connaît un type à Sucre qui achète des terrains pour une entreprise et transforme les maisons en entrepôts.

Ils ont bu une bière ensemble. Il est d'accord pour se déplacer jusqu'à Chuqui.

L'homme de Sucre, la peau blanche ombrée de noir, bien habillé, avec une ceinture de cuir et boucle de métal, baskets américaines, leur dit, cela ne vaut pas grand-chose tous ces fruits. Il y a une surproduction. Ils pourrissent sur les arbres quand ils ne pourrissent pas sur les marchés.

Tout en parlant, il a l'air désolé pour de vrai. On fait venir du Pérou, du Brésil, des fruits encore plus colorés et beaucoup moins chers. La maison avec son sol de ciment, son toit en tuiles recouvert d'une couche de cannes à sucre, ses coffres en bois ?

Il faudrait la détruire et tout faire à neuf.

De toute façon, personne ne veut venir vivre dans ce village. Sauf ceux de la montagne et ils n'ont pas d'argent.

En quelques minutes, l'agent commercial venu de Sucre détruit quarante ans d'arrosages, de soins, de cueillettes, de nouvelles plantations, de désherbages, de marches dans la montagne chargées de caisses de fruits à échanger, de mains tendues pour attraper une mangue, arracher la peau avec les dents, sentir le jus couler sur le menton, l'essuyer du revers de la main sans s'arrêter de marcher, de regarder si un autre fruit parfaitement mûr et sucré vous attend, le découvrir, ravi et émerveillé, pressé de connaître son goût, sera-t-il miellé ou à peine acide, parfumé à la rose, teint de violette ou parfois, cela arrive, tant pourri de l'intérieur qu'en l'écrasant d'un coup sec, on pourra apercevoir des vers que Ximena récupérera, car elle sait quoi en faire. Tout cela ne vaut rien.

Les recettes, les décoctions, l'œil qui sait voir, les échanges, dix avocats contre une côtelette, vingt melons contre une bobine de laine cardée teinte au tamarin, le terrain, savoir sauter dans la rivière en évitant le courant, reconnaître les signes de l'arrivée de l'eau boueuse bien avant son apparition, tout cela ne vaut plus rien en 1995.

Azul s'installe avec Moise, Ximena et Miguel dans un appartement d'un immeuble à deux étages dans les faubourgs de Santa Cruz.

Juan revient une fois par an de sa tournée qui le mène jusqu'aux frontières du Pérou. Il rapporte des cadeaux à tous, Juan et Moise se serrent la main, boivent des bières ensemble. Juan repart. On vend ses cadeaux au marché. Une casserole toute neuve, une couverture en alpaga.

Azul et Moise ont une petite fille. Elle s'appelle Alondra.

Moise aurait aimé aussi un garçon. Azul n'est pas d'accord, elle n'est pas une machine à faire des enfants.

Moise ne dit rien, mais il prend sa tête de victime, ce qui exaspère Azul.

L'amour, c'est de la merde et le mariage, une prison, pense Azul.

Et puis non, elle est heureuse. Ils sont heureux avec Miguel et Alondra, Ximena qui a adapté ce qu'elle a appris dans le jardin de Chuqui-Chuqui à la ville. Natalia qui vit dans la même rue avec son mari et ses enfants.

Elles tiennent ensemble un stand au marché de la Rotonda. Elles proposent des jarres d'eau parfumée à la cannelle, presque laiteuse, au noyau d'abricot, à la cacahuète, à la menthe.

Le dimanche après la messe, leur mère, les sœurs, leurs maris se rendent à l'association des Indiens de la vallée du Río Chico. Ils dansent, ils chantent au son des grelots et de petites guitares :

Petits chemins, d'heureuses mémoires
Destins de nos projets,
Parures de nos montagnes,
Illusions des dieux
Menez-nous jusqu'aux cœurs
De nos pères.

Moise est un bon danseur, un bon père, mais il ne sait pas se débrouiller avec l'argent. Pourtant il est quechua et les Quechuas ont la réputation d'être de bons commerçants.

Moise a de grosses dettes et Azul ne le sait pas encore.

Il a donné l'argent qu'il gagnait avec son camion à ses frères aînés. Il a emprunté de l'argent pour offrir des bijoux à Azul, un pendentif en argent, de l'essence pour l'emmener elle et les enfants se baigner dans les cascades, acheter une gazinière, offrir des tournées de bière, une petite télévision brésilienne pour regarder la coupe du monde de football.

Ils ont une période états-unienne, se passionnent pour les feuilletons *Dallas* et *Miami Vice*.

Moise dévore, les yeux ronds, les maisons avec deux voitures, les maillots de bain rouges, les cheveux blonds des filles, Azul observe les tailleurs, les longues robes fluides, elle coud presque les mêmes. Autour d'eux, on parle de partir vers le Brésil, l'Argentine, le Mexique, franchir la frontière, le Texas de *Dallas*, la Floride de *Miami Vice* ne sont pas si loin.

Ce monde avec ces supermarchés qui débordent de paquets de céréales aux lettres colorées, ici elles sont vendues en vrac, de marques de bière, ici il n'y en a qu'une, ces femmes qui conduisent leurs voitures, les cheveux blonds flottant, jamais nattés, attachés, retenus ; des femmes qui paraissent ainsi libres.

Azul a trente-trois ans, elle vit dans un deux pièces du faubourg de Santa Cruz, avec une gazinière, la télévision, un métier de secrétaire, sa mère, deux enfants, un deuxième mari qui ne veut pas l'épouser, qui souhaite un autre enfant, un garçon, et qui a des dettes, et c'est à ce moment-là qu'elle se fait licencier.

C'est la crise économique en Bolivie.

Plus rien ne marche, son petit magasin au marché est vide, plus personne n'achète de tee-shirts, le camion-citerne de lait de Moise ne circule plus.

Tout s'écroule, à nouveau, mais Azul a l'habitude de voir les choses auxquelles elle est attachée disparaître ou recevoir des coups, elle se fige. Cela ne dure que quelques minutes.

Elle se souvient des putes du collège, de la maladie de Miguel, du beau Juan qui disparaissait la nuit, chaque fois, elle s'en est sortie. Elle se raidit. Pourtant elle n'est pas devenue cynique, elle garde cette foi optimiste en Pachamama, cette croyance qu'elle est protégée par la Vierge, qu'elle possède tout cela en elle.

Elle est enthousiaste, croit dans la bonté, mais elle connaît aussi la noirceur du monde.

Elle écoute les conversations, on se raconte des histoires de violence, d'injustice, de chute, de misère et de corruption.

Le pouvoir est confisqué par une minorité, ils sont sénateurs, policiers, magistrats, ils sont blancs, parlent espagnol, ils font peur et ont à leur tête un homme de toute petite taille qui se tient très droit pour gagner deux centimètres.

On l'appelle El Nano. Le nain.

Le général Banzer est d'origine allemande, il a été formé à l'École des Amériques au Panamá où l'on enseigne les meilleures techniques de manipulation et de violence mais rien des bienfaits de la terre.

Indigènes, paysans sont exclus du gouvernement. Ils n'ont pas le droit de manifester, de s'exprimer, de choisir, de décider.

La torture est la règle pour ceux qui osent dire qu'ils ne sont pas d'accord.

Et autour d'eux, en Argentine, au Pérou, au Panamá, au Chili, au Paraguay et en Uruguay, l'extrême droite n'est jamais loin.

Azul entend ce mot, fasciste, fasciste, dont la sonorité même fait peur.

Le général Banzer accueille sympathisants d'extrême droite et nazis, les enrôle, ils le soutiendront politiquement et militairement, les encourage à participer au trafic de drogue, leur demande conseil pour blanchir la Bolivie.

Il y a trop d'indigènes. Dans les journaux, on dit qu'ils sont sales, fainéants, pauvres, font trop d'enfants, leurs cheveux sont trop épais, leur peau est grasse, leurs filles couchent avec des chiens, les hommes avec les ânes.

Sa grande sœur lui dit :

– Il ne faut pas fréquenter le dispensaire du gouvernement.

Le médecin y est américain.

Il est apparu, blond, rose, dents blanches, le dispensaire est repeint alors que jamais on ne dépense de l'argent pour les pauvres.

À la porte, il y a une affiche : « Soins gratuits pour les femmes », avec une photo d'une indigène souriante sous son feutre noir.

Les jeunes femmes indigènes y sont stérilisées de force.

Une fille du collège Fe y Alegria, une Indienne de la campagne, y est allée. Elle avait mal au ventre. Le médecin lui a affirmé qu'il fallait l'opérer d'urgence d'une appendicite, qu'elle ne s'inquiète pas, ce serait gratuit.

On lui a demandé de revenir le lendemain matin pour l'opération. Elle s'est confiée à l'infirmière du collège qui l'a empêchée de retourner au dispensaire du gouvernement.

Malgré la peinture neuve, le sol est sale, la blouse du médecin couverte de taches brunes. Il l'a auscultée sans se laver les mains.

Son ventre ballonné est dû à une indigestion de melons.

Un mois après, le dispensaire a pris feu, le médecin américain a disparu.

Le général Banzer a aussi fait venir à grands frais des femmes blanches d'Afrique australe pour peupler le pays de Blancs.

Dans les journaux, à la télévision, les indigènes n'existent pas, la Bolivie est blanche.

Banzer a été destitué par un putsch en 1977, mais, en 1997, il a réussi à se faire élire, après avoir échoué à cinq reprises à l'élection présidentielle, en abandonnant son uniforme et en se présentant en gentil «*abuelito*» de soixante et onze ans.

En 2001, quand il quitte le pouvoir, il laisse son pays dans un état catastrophique. Népotisme, corruption, crise économique. Pendant plusieurs semaines, le pays est entièrement paralysé par des barrages de paysans qui demandent l'arrêt de la politique d'éradication de la coca.

Tout ce qui circulait si fort à Santa Cruz, les monceaux de tomates de Tarija, l'argent du pétrole, des expatriés du Texas, l'hôtel Los Tajibos avec sa double piscine en forme de cacahuète bordée de mini-palmiers, son bar américain, les motos et les rouleaux de polyester importés de Corée du Sud, le dancing sur la route de l'aéroport avec son porche géant formé de deux sirènes en plâtre peintes, tout ce qui était si moderne, si étranger au paradis de Chuqui-Chuqui, s'est pétrifié.

Les tomates pourrissent dans les cageots, on fait la queue aux guichets de la banque, les expatriés repartent en laissant leurs palais vides, licencient femmes de ménage, et sous-femmes de ménage, cuisinières, gardes d'enfant, les vitres sont brisées, les voitures ne ralentissent plus devant le porche aux deux sirènes, plus personne n'espère un rendez-vous au bar américain du Los Tajibos et se voir annoncer la fortune en buvant une bière américaine.

Il ne reste que l'argent sale des Colombiens. Eux proposent des boulots, vigiles, chauffeurs, mules, petites mains du trafic de cocaïne.

Elle n'a pas le choix, elle doit partir.

Les femmes s'en vont les unes après les autres, de plus en plus loin. En Argentine, au Texas, en Italie.

Il y a deux ans, Natalia a immigré, grâce à une association, à Bergame en Italie.

Natalia lui a raconté au téléphone. Elle s'occupe d'une veuve âgée qui vit seule dans une grande maison.

Ses enfants et petits-enfants viennent la voir le dimanche. Ils vont ensemble à la messe, se retrouvent pour déjeuner, la vieille dame prépare le repas, sa fille et sa belle-fille l'aident à débarrasser et à ranger puis ils repartent le soir.

L'été, ils ne viennent pas la voir pendant tout un mois. Ils sont avec elle le soir de Noël, mais, le jour de l'an, elle est seule. Tous les dimanches, son jour de congé, Natalia prend le car pour Bergame et, après la messe, passe l'après-midi au call center pour téléphoner à ses deux fils et à ses sœurs.

Natalia a confié son fils Gus et sa fille encore si petite à leur père. Elle sait qu'elle peut aussi compter sur Azul et Ximena, et Julio et Moise qui vivent dans une maison voisine.

Natalia téléphone longuement tous les dimanches, ce n'est pas suffisant pour les éduquer. Elle envoie chaque mois l'équivalent du salaire de trois personnes à Santa Cruz. Elle a dit au père des enfants, si tu ne t'en occupes pas davantage, je rentre.

Natalia a confié à Azul qu'elle se sent coupable, mais qu'elle sait que vivre ainsi, séparée d'eux, c'est le seul moyen pour qu'ils aient une bonne éducation, et qu'ils ne soient pas obligés de travailler à douze ans, comme tant de garçons et de filles de leur âge.

Azul va partir. Elle ne réfléchit pas trop longtemps. Elle a peur de renoncer. Elle n'a pas le choix.

Azul ira en Italie, Natalia l'aidera.

Depuis le 11 septembre 2001, il est devenu très difficile d'obtenir un visa pour entrer aux États-Unis. Il faut passer clandestinement la frontière mexicaine sur un de ces trains de la mort, elle ne veut pas.

On tue les femmes sur le chemin. Après les avoir violées, on fait disparaître leur corps.

C'est ce qu'on dit. Une histoire qui s'est propagée au mercado des Sept-Rues. La fille d'une cantinière du marché n'a plus jamais donné de nouvelles. Elle a voulu immigrer, avec une copine, vers les États-Unis. Elles ont disparu. Azul se souvient d'avoir croisé cette fille, une adolescente minuscule. Elle paraissait avoir à peine dépassé dix ans. Toute maigre. Elle est partie vers le nord, elle avait dix-sept ans. La cantinière ne sait pas quoi faire pour la retrouver. Les policiers lui ont dit qu'il fallait oublier sa fille, mais comment peut-on oublier sa fille de dix-sept ans ? Azul, qui n'est même pas sa mère, qui n'a vu cette fille qu'une fois, se souvient de son visage de chat, de son nez qui paraissait sans chair, de ses bras si fins. Sa fragile silhouette apparaît devant Azul.

Elle s'appelait Rosario.

On peut entrer en Europe sans visa, Azul va aller en Italie.

Elle va prendre l'avion pour Rome parce qu'à Rome, il y a le pape Jean Paul II et c'est une grande ville, elle ne veut pas vivre à la campagne, isolée. Natalia doit prendre le bus le dimanche pour aller au call center, Azul veut pouvoir téléphoner tous les jours.

Là-bas, des associations catholiques aident les femmes immigrantes à trouver du travail dans de bonnes familles. Elles sont logées, nourries, accueillies dans des foyers.

Natalia a confié à sa sœur combien elle s'était attachée à la vieille dame.

C'est au moment où Azul va annoncer à Natalia qu'elle veut la rejoindre que Natalia rentre. Elle a un peu d'argent de côté. Elle ne peut plus continuer à vivre sans ses enfants. À Santa Cruz, elle s'occupera à son tour de leur mère, Ximena.

Azul propose à Moise qu'ils partent ensemble, lui, Miguel qui a sept ans, Alondra, deux ans. Il refuse. Il pense qu'ils n'y arriveront pas, c'est trop difficile de partir si loin dans un pays dont on ne parle pas la langue avec de petits enfants.

Comment trouver du travail, un logement, quand on ne connaît personne ? Ni la langue, ni les rues, ni ce qu'on mange, ni les règles.

Comment acheter son lait, comment ne pas se perdre, comment louer une maison ?

C'est impossible. On va dormir dans la rue, là-bas en Europe, il fait très froid, les gens sont racistes, n'aiment pas les étrangers.

Azul le sait, elle n'est pas une bécasse, elle n'a pas le choix. Elle a aussi peur que Moise.

Azul se donne un an, le temps de gagner assez d'argent pour rembourser les dettes de Moise. Elle espère cela, être loin, pas plus d'un an, un an sans voir ses enfants, Moise.

Elle a deux copines qui ont déjà fait le voyage. En rentrant, elles avaient 5 000 dollars en petites coupures dans leurs sacs, de quoi rembourser les dettes des hommes, construire les murs d'une maison, acheter un stand au marché.

Azul sait exactement ce qui l'attend. Elle va être coupée en deux, coupée de Miguel et Alondra, coupée d'une vie, de deux langues, le quechua et l'espagnol, de trente ans de liens, frères, sœurs, maris, amis, la ville de Santa Cruz dont elle connaît tous les rues, les chausse-trapes, les trous, les employés de la mairie, ceux qui peuvent vous aider ou dont elle sait d'instinct se méfier, les horaires de bus, les réflexes pour éviter la pluie et le soleil, pour trouver de la viande de bœuf pas trop chère, qui saluer dans les bureaux de l'administration, qui est généreux, qui ne l'est pas. Toutes ces informations inutiles.

Un monde étranger à apprendre.

Rome

Azul arrive en Italie le 21 janvier 2002.

Elle a voyagé avec quatorze kilos de bagages.

Elle a laissé ses enfants à Moise et sa mère, tous les soirs en se couchant elle s'accorde le droit de pleurer dix minutes, pas plus, car elle ne peut pas se permettre de pleurer davantage. Se lamenter, dire je souffre, je suis seule, est un luxe qu'elle ne peut s'autoriser.

Elle sait exactement ce qu'elle doit faire.

Les Boliviennes ont bonne réputation en Italie. Des catholiques, qui vont à la messe le dimanche, ont le sens de la famille, s'occupent des grands-parents, font le ménage à la perfection, sont douces et souriantes, patientes avec les enfants. Il faut avouer que la cuisine ce n'est pas leur truc, on ne peut pas tout avoir. Elles sont recrutées à la sortie de la messe en espagnol, celle du dimanche soir, à Sant'Eusebio, par une association, celle de la « fille pieuse isolée ». C'est là qu'Azul ira.

Tout s'est passé si vite.

Azul a parlé à Miguel puis à Alondra. Ils ont compris qu'ils ne reverraient pas leur maman avant longtemps, qu'ils resteraient à la maison avec Moise, leur grand-mère, la grande sœur de maman, leur tata Natalia, qui est presque une mère, qui elle aussi est partie et revenue. Miguel est resté sage, le visage à peine pâle. Azul espère qu'Alondra est trop petite pour comprendre.

L'avion, le changement à Buenos Aires, l'atterrissage à Rome. Azul ne pensait à rien. Il fallait surtout ne pas penser. Elle a une adresse, celle de la sœur de son ex-belle-sœur. Une cousine de Juan. Elle pourrait la loger.

Mais une fois descendue à Fiumicino, elle panique. Elle ne sait plus rien ici.

Quel argent, quel bus, quel mot, quelle langue, quelle rue, quelle personne ?

Heureusement, elle avise une grande croix sur une porte. Il y a une minuscule chapelle dans l'aéroport. Elle entre avec son chariot rempli de bagages. Un homme compact, tout en noir, lourd, s'affole et lui demande, d'un geste brusque, de sortir, elle et son chariot.

C'est la première fois qu'elle voit un prêtre exiger que l'on sorte d'une église. Quelle est cette église où l'on n'est pas accueilli, riche ou pauvre, avec un chariot à bagages ou les bras nus ?

Azul ressort, laisse le chariot à l'entrée, a peur qu'on lui vole ses bagages et retourne dans la chapelle. Le prêtre a disparu. Il doit se cacher, de crainte qu'on lui demande un service. Un jeune homme avec une chemise mauve et blanche trop longue qui sort de son pantalon, une barbe blonde, un lien de cuir avec une grande croix de bois couvrant sa poitrine lui indique le numéro de bus, lui offre un billet de cinq euros et lui glisse un prospectus en italien qu'Azul gardera longtemps dans son sac, par respect pour la générosité de cet inconnu.

Azul est seule à Rome, mais autour d'elle il y a du bruit et du monde.

Le premier dimanche, elle se rend à l'église de Sant'Eusebio.

Elle n'a jamais vu de femmes aussi élégantes, tailleurs bleu marine ou blancs, robes noires à col blanc, escarpins et sacs de cuir assortis. Elle ne peut s'empêcher d'observer. Elle remarque qu'on chuchote sur son passage. Personne ne la salue. À la sortie, elle tente de parler au prêtre, mais elle n'y arrive pas. Il est très entouré par les dames en blanc, en bleu marine et en noir. Qui pourrait lui donner des renseignements sur la fameuse association de « la fille pieuse isolée » ?

Tous parlent, s'exclament, rient, Azul tente d'accrocher un regard, elle passe de groupe en groupe, elle semble invisible.

Une dame se tient debout grâce à une solide canne, un peu en retrait. Azul lui sourit, la dame lui sourit.

Azul lui demande, en espagnol, si elle connaît l'association de « la fille pieuse isolée ». La dame à la canne la regarde étonnée, puis lui montre son oreille gauche, Azul se rapproche de l'oreille gauche ornée d'une perle blanche de la dame à la canne. Elle articule, fille pieuse isolée. La dame secoue la tête à droite et à gauche.

Le parvis de l'église s'est vidé, le prêtre a disparu. Un énorme klaxon de voiture fait sursauter Azul, mais pas la dame.

Un type pressé, furibard, sort de la voiture, la dame le voit, baisse les yeux et monte dans la voiture.

Une fille qu'a connue Natalia lui propose de lui apprendre le métier « faire le ménage », en échange elle doit le faire chez elle, gratuitement.

Azul est allée la voir en se disant qu'elle avait peut-être des trucs à apprendre, qu'en Italie, on ne nettoie pas comme en Bolivie. La fille a de très grosses fesses, elle est très lente, ses fesses la retiennent en arrière. Elle lui montre le nom des produits en italien, pour le reste, Azul sait déjà tout.

Azul ne va qu'une fois chez cette fille faire le ménage, c'est dégoûtant. Ensuite, la fille lente lui téléphone tout le temps pour qu'elle y retourne.

Ça va pas, non ? lui répond Azul.

Azul est seule, elle ne parle pas italien, se perd dans la rue, n'a pas d'argent pour prendre un bus, s'acheter un sandwich, il n'y a pas de place ici pour elle.

Ici, elle n'a ni sœurs, ni frères, ni enfants, elle va être payée pour s'occuper des autres. Ici, elle ne doit rien à personne. Ici, personne ne la connaît.

À côté de la connaissance de Natalia, celle qui a des fesses larges et molles, il y a un petit couvent. Des sœurs lui ouvrent la porte, pas comme le sale prêtre de la chapelle de l'aéroport qui s'est caché de peur qu'elle lui demande son aide.

Ici, dans ce petit couvent, les religieuses ne vivent que pour cela, aider les uns et les autres, tous, immigrés, mères de famille trompées par leur mari, jeunes filles enceintes abandonnées par leur fiancé, adolescents homosexuels qui n'osent rien dire à leurs parents.

Une des sœurs du couvent San Pietro l'envoie chez Ingrid.

Azul prend la suite de Gladys, enceinte, qui a offert en partant à Ingrid un des guides de coaching que l'on trouve dans les centres évangéliques *Comment apprendre à dire non !* Le titre en lettres dorées est imprimé en relief. Gladys fait partie d'une de ces sectes évangéliques où l'on danse, l'on chante et on apprend à vivre mieux en lisant des guides et en participant à des groupes de parole thématiques.

Ingrid a feuilleté *Comment apprendre à dire non !* puis l'a caché de peur que son fiancé, Carlo, ne se moque d'elle.

Ingrid est la première patronne d'Azul à Rome.

Ingrid est malade de naissance.

Elle est handicapée, elle a une jambe beaucoup plus courte que l'autre, elle bouge difficilement. Elle est d'origine allemande.

Azul n'a jamais vu une femme aussi grande.

Ingrid a la peau très claire, blanche de chez blanche, un long nez, des cheveux qu'elle attache n'importe comment avec un crayon ou tout ce qui lui tombe sous la main.

Ingrid se fiche de son corps. En raison de sa jambe trop courte, elle est maladroite, tombe, se heurte aux meubles, se fait des bleus et rouspète contre elle-même.

Elle s'habille telle une adolescente, on dirait qu'elle s'en fiche. Ce n'est qu'une apparence. Azul apprendra, avec elle, le style faux négligé. Ingrid porte des jeans Levi's, des chemises en denim, des mocassins à picots.

Elle est fiancée à un Romain. Il lui envoie toutes les semaines un bouquet de fleurs blanches, des roses l'hiver, du lilas au printemps, des pivoines en été.

Ingrid aime son fiancé, il est le seul Italien qu'elle aime.

Elle trouve que tous les autres sont racistes, surtout les policiers.

Elle dit à Azul, fais attention aux flics, tous des fachos.

À Rome, les policiers se moquent que tu n'aies pas de papiers, lui explique Ingrid. Ici, elle est étrangère et les étrangers sont suspects d'être des criminels.

La mère d'Ingrid est très riche, elle vient toujours chez elle avec des cadeaux inutiles, des crèmes, des parfums, des foulards, cela énerve Ingrid. Je n'ai pas besoin de cela, je préférerais qu'elle m'aide à payer mon loyer.

Ingrid habite dans un appartement qui n'est pas commode.

Dans le quartier du Trastevere, petit, biscornu, avec du carrelage rouge par terre et un escalier étroit.

Azul lui offre des œillets blancs pour embellir son balcon.

Ingrid est très contente, mais elle oublie de les arroser.

Azul y pense pour elle.

Elles s'entendent bien, elles boivent un café ensemble. Azul va chez elle le lundi et le jeudi matin.

Azul se dit, j'ai trouvé une copine.

Ingrid moud les grains de café, tasse la poudre dans la cafetière avec précaution, ajoute l'eau.

Presque les mêmes gestes que Ximena.

Ximena moud le café dans un moulin à la main, le bruit fait une sorte de scrutch, scrutch. Ingrid, elle, utilise un moulin électrique qui fait bcrrrrk, bcrrrrk.

Ximena ajoutait de la poudre de cannelle ou de la noix muscade au café moulu.

Ce genre d'information intéresse beaucoup Ingrid. Elle est curieuse de la vie en Bolivie, les fruits, le jardin de Chuqui-Chuqui, elle promet à Azul qu'elle l'accompagnera un jour.

Ingrid n'a pas d'enfants alors Azul ne lui parle pas des siens, de la chance qu'elle a d'être la mère de Miguel et Alondra.

Elle ne veut pas faire de la peine à Ingrid. Azul s'inquiète pour elle.

Ingrid a trente-six ans, elle est encore jeune, elle pourrait en avoir avec son fiancé italien.

Trente-six ans en Bolivie, c'est trop tard, on est une vieille fille et, à quarante ans, les femmes sont des grands-mères.

Ici, en Europe, les femmes de quarante ans portent des minijupes, les visages sont gelés par le froid, à peine ridés.

Penser qu'Ingrid n'aura peut-être pas d'enfants, Azul trouve cela horrible, elle ne comprend pas, n'ose pas lui en parler, elle se dit que c'est trop douloureux.

Elle n'ose pas confier à Ingrid qu'elle a deux enfants, qu'Alondra a maintenant quatre ans et Miguel, huit ans, et cela fait un an qu'elle ne les a pas réveillés le matin, que Miguel ne lui a pas réclamé, encore cinq minutes maman, encore cinq minutes.

Azul patientait une minute, disait à Miguel que les cinq minutes étaient passées et lui caressait le dos, tu peux te lever maintenant, tu es assez fort.

Pendant cette année à Rome, Azul leur téléphone tous les dimanches.

Elle n'est pas là pour leurs anniversaires. Miguel est né le 22 juin 1994. Alondra, le 6 février 1998. Ni le 22 juin, ni le 6 février de l'année 2002, elle n'est avec ses enfants.

Tous les dimanches matin après la messe de 8 heures, Azul se rend dans un call center, Via di Cesare.

Les chaises y sont en plastique jaune, le sol est jaune, lui aussi, avec des taches noires, il y a de grands posters avec des photos de mères brunes, noires, jaunes, qui embrassent leurs enfants, des familles réunies où tout le monde porte des polos Ralph Lauren à 80 euros, prises dans des jardins tropicaux fleuris, des images qui font rêver Azul.

En attendant son tour, elle regarde la famille Ralph Lauren, les enfants blonds, les mères qui ont l'air d'avoir dix-huit ans, vêtues de robes de cotonnade pastel, rose, vert, la taille serrée par une ceinture d'une autre couleur. La fille qui est habillée d'une robe rose a une ceinture verte, celle qui porte une robe bleue, une ceinture rose. Comment ont-elles pu accoucher d'un enfant avec une taille si fine ? Les maris au pli du pantalon beige impeccable ont beaucoup de cheveux. L'un d'eux a une moustache et semble avoir moins de cheveux que les autres, c'est peut-être une ombre sur la photo.

Même les grands-parents ont plein de cheveux, ils sont blancs, d'un blanc nuageux. Toutes les couleurs de leurs vêtements semblent assorties. Azul se demande si de telles familles existent en vrai.

Elle prie pour qu'une cabine se libère. Elle a toujours peur avant de téléphoner. Si quelque chose de mauvais était arrivé à Miguel et Alondra, à Ximena, à Moise ?

Elle prie la Vierge Marie, elle sait qu'elle peut prier autant qu'elle le veut, qu'elle n'abusera jamais de l'amour et de la protection de Marie, que son amour pour les autres est infini.

Elle se sent amputée.

Elle est une mère séparée de ses enfants depuis un mois, deux mois, trois mois, quatre mois, dix mois, dix-huit mois, vingt-cinq mois et dans chaque mois, chaque jour compte.

Tous les matins où on ne les a pas réveillés, où ils sont de mauvaise humeur, qu'ils demandent encore cinq minutes maman, encore cinq minutes de dodo, qu'il manque une chaussette, que les chaussettes trouvées sont trop dures à mettre, que l'enfant n'a pas faim, qu'il y a trop de lait dans les céréales, qu'Alondra pleurniche parce qu'elle ne trouve pas son cartable, que Miguel a mal au ventre, qu'on l'interroge, il avoue avoir peur d'un plus grand qui l'a menacé, qu'on n'est pas là pour le rassurer et qu'on se souvient du collège Marie-Jésus de Santa Cruz et de la fille d'un commerçant du mercado central et que la douleur de son fils lui fait mal.

Et aujourd'hui comme hier, avant-hier et les nombreux jours qui vont suivre, on ne sera pas là et c'est encore plus douloureux, de ne pas être là pour aider Miguel à affronter le mauvais garçon, on n'a que quelques minutes au téléphone pour régler les tourments de la semaine, faire oublier qu'on n'était pas non plus là le soir, quand Miguel voulait dire quelque chose de très important, viens me voir maman dans mon lit, il faut que je te dise quelque chose de très important, on arrive et il a déjà oublié, il avait besoin que sa maman soit là, mais elle n'est pas à ses côtés depuis si longtemps.

Elle pose les questions banales des mères parce qu'il est impossible de poser des questions plus graves, qu'est-ce que tu as mangé pour le petit-déjeuner, ton cartable, tu t'es lavé les dents, comment es-tu habillé ?

Les enfants ne posent pas de questions, ils répondent, j'ai un tee-shirt Spiderman que papa a trouvé au marché des Sept-Rues, et Azul pense alors qu'il doit coûter cher ce tee-shirt, qu'il a été payé avec l'argent expédié pour rembourser les dettes de Moise, le petit a l'air si content avec son tee-shirt Spiderman. Ils disent « énorme baiser », « câlin géant ».

Miguel demandait, la première année, tu reviens quand ? Elle répondait bientôt, bientôt mon cœur, elle ne sait pas quoi répondre d'autre que « bientôt ». Au bout d'un an, il a compris que c'était une question inutile. La plus petite ne demandait rien, c'était ainsi, maman était ici et là-bas. La petite faisait un signe de la main qui n'était pas très clair, dans le ciel ou dans un avion ?

À Rome, elle pense constamment à eux, dans le métro, les mains dans l'eau de vaisselle tiède, les bras accrochés à l'aspirateur qui marche mal, qui n'aspire rien. Azul doit passer plusieurs fois dans chaque pièce, elle perd du temps, tout ce qu'elle fait est pour eux.

Dans le groupe de femmes boliviennes qui se retrouvent le dimanche, après l'église, on danse, on chante, on s'entraide surtout.

Avec ses copines, Azul échange des nouvelles de ces absents omniprésents. Chacune a son histoire. Valeria dont les deux petites filles vivent avec leur grand-mère à Cochabamba.

On se raconte ces adolescents qui traînent dans les rues de Santa Cruz avec leurs polos Ralph Lauren achetés en Europe, que la jeune tante ou les grands-parents qui les élèvent n'ont pas d'autorité, que les enfants font ce qu'ils veulent, ne vont plus à l'école et que, le dimanche au téléphone, tout le monde ment pour rassurer la mère qui transmet tant d'argent avec Moneygram, et qui ne sait pas qu'avec 10 bolivianos (soit 1 euro), on achète quelques grammes de cocaïne.

Quand elle entend cela, Azul se dit que cette histoire de dettes de Moise, d'argent pour l'éducation des enfants, de construire une maison à eux, avec un jardin, elle s'en fiche, elle doit rentrer tout de suite, elle ne peut pas attendre le coup de fil du dimanche suivant et il est trop tard pour téléphoner, c'est la nuit en Bolivie.

Azul n'a jamais peur de rien, sauf pour ses enfants.

Une fois, elle s'offre un cornet de glace au chocolat. Azul se dit qu'elle doit profiter des bonnes choses.

Elle marche des heures dans Rome, à l'ombre des platanes, s'engage dans les rues en pente, attirée par la lumière dorée du Tibre. La glace a fondu depuis longtemps.

Elle reste adossée au parapet du Ponte Cavour, l'air tiédi par l'eau.

Elle s'invente qu'elle est là, avec Miguel, Alondra, Ximena, Moise et le beau Juan, son petit frère Julio, ils sont ensemble et regardent la lente agitation du fleuve.

Ici, elle retrouve les couleurs de son Río Chico. Gris clair, marron laiteux, jaune ambré, vert mousseux. Et il y a ce solide pont qui permet de traverser l'eau sans crainte. Alors, ils s'amusent à traverser dans un sens, puis dans l'autre. Sans jamais se lasser.

Azul a obtenu une carte de séjour grâce à une nouvelle loi pour les employés de maison.

Elle peut désormais rester légalement un an en Europe et travailler.

Elle se sent bien chez Ingrid, avec elle. Elle la regarde avec affection et inquiétude.

Il lui semble qu'Ingrid ne se rend pas compte de ce qu'elle possède et de ce qui lui manque.

Carlo, le fiancé, ressemble à un grand concombre, un peu mou. Il parle si bas qu'on l'entend à peine, avec toujours un peu de bave au coin des lèvres qu'on a envie d'essuyer.

Il est amoureux d'Ingrid mais ne peut pas s'empêcher de la juger, de la rabaisser. Il est incapable de lui faire un compliment sur la jolie table couverte de roses blanches et de houx peints en doré, sur le dîner qu'elle a préparé le soir de Noël pour la famille de Carlo. Il est toujours à l'affût de ce qui ne va pas.

Il est content quand il a trouvé.

– Le champagne n'est pas assez frais.

La sœur de Carlo a la même allure molle. Elle se tient avachie, regarde en l'air, sans jamais rien voir. Son mari parle d'une voix douce et, dans les coins, quand il pense que personne ne l'entend, traite sa femme de grosse larve. Azul rince les assiettes avant de les mettre dans la machine, des lentilles sont accrochées sur les pointes des fourchettes. C'est à ce moment-là qu'Ingrid entre dans la cuisine et brusquement l'embrasse. Azul ne sait pas quoi faire de ses mains mouillées, se retient de ne pas pleurer face aux yeux rouges d'Ingrid.

Ingrid lui montre les cadeaux de son fiancé (un sac de cuir de chez Louis Vuitton couvert de graffitis d'un artiste japonais, des chaussures à talons de douze centimètres, un peignoir en soie à l'encolure et aux manches de dentelle). Azul s'extasie.

Elles sont toutes les deux des explorateurs, cherchant autour d'elles ce qui est bien ; un éclat de rire dans la rue, un bouquet de pivoines offert par le fiancé, une livre de fraises achetée au marché, pas trop chères et leur goût est sucré, la tache de l'imperméable est bien partie, Lucinda est amoureuse.

Ingrid s'exclame. Azul raconte la vie de ses copines. Lucinda est amoureuse d'un électricien. Il est de Naples. Ils se sont rencontrés à la messe et ils vont se marier contre l'avis de sa famille de Cochabamba.

Ses parents ne voulaient pas qu'elle se rende à la messe en italien de peur qu'elle ne côtoie des célibataires italiens. Ils auraient préféré qu'elle reste enfermée chez elle ou chez sa patronne.

Azul et Ingrid aiment que les gens s'aiment. Elles sont aussi tristes que les parents ne soutiennent pas leur fille et qu'ils préfèrent la voir emprisonnée.

Des filles qui n'ont pas le droit de sortir alors que leurs parents sont à des milliers de kilomètres, il y en a beaucoup ici. Elles ne font que travailler puis retournent dans leur chambre et envoient tout leur argent.

Azul explique à Ingrid :

– C'est parce que, chez nous, la famille c'est plus important, plus important que la personne.

– Et la liberté ? répond Ingrid. Ces filles ne sont pas libres, elles ne peuvent pas être heureuses.

Azul tente de la convaincre que la famille, cela compte aussi.

– Est-ce que Lucinda va être heureuse avec son électricien de Naples ? Elle est amoureuse, mais sa famille la rejette ? Dans dix ans, si cela ne marche pas avec le Napolitain, elle sera seule au monde. La famille, c'est pour toujours, le passé, l'avenir. L'amour avec un homme, c'est un miracle si ça marche.

Azul et Ingrid rigolent. Elles sont d'accord.

Azul et Ingrid sont plus proches qu'elles ne peuvent le concevoir. Ingrid ne s'avoue pas qu'elle a davantage d'intimité avec sa femme de ménage qu'avec sa belle-sœur. Et Azul ne s'étonne pas de ressentir autant d'affection pour sa patronne.

Elle connaît de multiples détails étranges sur la vie quotidienne d'Ingrid et son fiancé. Ce n'est pas cette sorte d'intimité qu'elles partagent.

Elles savent, exactement, répondre aux besoins, aux désirs, l'une de l'autre.

Azul souhaite qu'Ingrid soit heureuse. Elle aimerait savoir mieux la protéger.

Il faudrait que sa patronne arrête de vouloir être gentille avec tout le monde, de vouloir être d'accord. Elle aimerait qu'Ingrid ne se laisse pas faire.

Quand Azul lui annonce qu'elle va repartir à Santa Cruz pour de bon, elle a économisé 7300 euros.

Ingrid l'embrasse, c'est une très bonne nouvelle.

Mais dès qu'elle est partie, Ingrid éclate en sanglots.

L'été précédent, un week-end où Ingrid est allée voir sa mère à Cologne, Carlo demande à Azul si elle peut travailler dans la maison qu'il loue au bord de la mer, à Argentario.

Il a invité quelques amis.

Azul n'a encore jamais vu la mer. De cette maison, qu'elle ne quitte pas du week-end, elle peut apercevoir une masse mouvante, bleue.

Elle est émerveillée par sa couleur. Un bleu nouveau, foncé et pourtant lumineux.

Mais ces lumières de la Méditerranée se confondent aujourd'hui avec une scène qu'elle aurait aimé ne jamais voir.

Dans la maison du fiancé d'Ingrid, il y a Carolina.

Carolina est une amie commune d'Ingrid et de Carlo.

Ingrid avait recommandé Azul qui avait besoin de travailler à tous ses amis. Azul s'était rendue une fois chez Carolina. Une culotte sale traînait sur le sol de la chambre. La pièce sentait le fromage. Et Carolina avait négocié, à la baisse, son salaire, tout en lui demandant si elle pouvait venir les après-midi réservés à Ingrid chez elle car cela l'arrangeait. Azul avait trouvé une excuse pour ne plus retourner chez Carolina.

Carolina a un menton et un nez pointus, une peau granuleuse. Ses chevilles larges, ses mains et poignets gras, ses jambes épaisses lui donnent l'allure d'une grosse poupée abîmée aux yeux opaques.

Carolina est le genre de personne qui pense qu'on ne possède jamais assez, qu'il faut s'emparer, garder pour soi et donner le moins possible.

Carolina s'est invitée toute seule.

La veille du départ, elle téléphone à Ingrid.

– Ton fiancé m'a convié à Argentario. Dommage que tu ne sois pas là avec nous.

Puis elle joint le fiancé d'Ingrid, pour le prévenir :

– Ingrid suggère que je la remplace pour le week-end.

Elle émet un petit rire ingénu sur ces derniers mots, satisfaite de son bon coup.

En arrivant, Carolina se précipite pour s'installer dans la plus grande chambre de la maison.

Le samedi, en fin de matinée, alors que les amis sont à la plage, Azul entre dans la chambre de Carolina pour faire le ménage.

Ils sont là, tous les deux nus dans le lit, Carlo et Carolina.

Azul referme la porte sans faire de bruit et se défoule sur le sable qui s'immisce partout. Avec son balai, elle frappe le sol, les canapés quand Carolina lui demande si elle est entrée dans sa chambre ce matin.

Azul ment et quand elle ment elle baisse la tête.

– Non. Je ne suis pas entrée dans votre chambre ce matin.

Azul connaît ce genre de fille, elle en a côtoyé au collège Fe y Alegria. Des putes, des menteuses déguisées en filles bien éduquées.

Qu'est-ce qu'elle doit dire à Ingrid ? Lui confier que Carolina est une pute ?

Que son fiancé est amoureux, mais la trompe et lui ment, qu'elle mérite mieux ?

Si elle répète ce qu'elle a vu dans cette chambre d'Argentario, où tout est si joli, les sols couverts de carrelage bleu et blanc, les rideaux et les canapés assortis aux couleurs de la mer et du ciel, Ingrid aura le cœur brisé.

Qu'est-ce qui est juste ? Qu'est-ce qui ne l'est pas ?

Elle espère qu'Ingrid arrêtera de croire aux promesses de son fiancé et aux mensonges de Carolina.

Azul se dit qu'il faut protéger Ingrid, qui ne sait rien de la vie et des putes, ne pas la blesser.

Mais elle ignore comment.

Azul a le sentiment d'avoir échoué, de ne pas comprendre toutes les règles ici.

Ce qu'on dit et ce qu'on ne dit pas, les mensonges, l'hypocrisie, la rivalité, les liens d'amitié et de famille.

Elle ne se dit pas que chez elle, en Bolivie, c'est mieux.

Azul s'exprime avec ce débit très modulé enthousiaste, s'exclamant de joie aux bonnes nouvelles même s'il s'agit de minuscules bonnes nouvelles, mais les quelques semaines précédant son départ, elle a déjà acheté son billet retour simple pour la Bolivie, son ton se fait plus doux et son regard marque de l'inquiétude.

Il faut qu'elle parle à Ingrid. Azul a lissé et attaché ses cheveux noirs et elle a posé cette question à Ingrid, qui l'a bouleversée.

C'est un vendredi soir, Azul doit partir vite, mais elle tient à lui parler.

Elle remarque qu'elles sont habillées presque de la même façon, jean, tongs en caoutchouc, tee-shirt noir. On dirait deux sœurs, l'une très grande, brune, l'autre brune aussi, plus petite et ronde.

Azul demande à Ingrid :

– Est-ce que j'ai fait assez pour vous ?

Puis, elle répète, de peur qu'Ingrid ne comprenne pas exactement ce qu'elle lui veut :

– Est-ce que je vous ai assez donné ?

Ingrid n'en revient pas.

Personne ne lui a demandé cela avant Azul.

Ingrid est persuadée d'être cette riche Européenne, égoïste, privilégiée, qui n'aura jamais assez de sa vie pour rendre ce qu'elle a reçu à la naissance. Sa mère, son fiancé pensent qu'elle est égoïste.

Tu es égoïste Ingrid. Tu ne fais jamais rien pour les autres. Regarde comment tu vis.

Et cette femme qui vient chez elle depuis deux ans, trois fois par semaine, faire le ménage, à qui elle donne ses vieux vêtements, cette Amérindienne quechua, élevée dans un minuscule village par une mère analphabète, Azul, son diplôme de secrétariat et ses robes colorées, jaune citron, orange flamboyant, vert acide, ongles mauves irisés, le corps rond, ses jambes solides, s'exprimant dans un italien incertain mélangé à de l'espagnol, lui demande à elle, ancienne étudiante en architecture d'intérieur à l'université de Milan, prenant soin de s'habiller en blanc, beige et noir, égoïste, habitant un pays riche :

– Est-ce que je vous ai assez donné ?

Comment cela est possible de poser une question pareille, se demande Ingrid.

Santa Cruz de la Sierra

Azul rentre de Rome avec ses 7300 euros d'économies.

Elle n'a pas vu ses enfants, Miguel et Alondra, depuis deux ans.

Elle change d'avion à Madrid et à Lima avant d'arriver à Santa Cruz. Elle a préparé ses bagages, elle a imaginé cela mille fois. Ces deux années à Rome, son retour, la fin des soucis pour toute la famille grâce à l'argent épargné, Alondra et Miguel, sa mère, Moise, ses sœurs.

Elle avait oublié la chaleur et l'humidité.

Elle aurait aimé se changer, elle qui est toujours élégante.

Que la femme qui est partie si loin fasse bonne impression, qu'on ne puisse pas deviner en la regardant les vingt heures de vol, les deux ans seule dans une chambre, les ménages, les bus, les mauvais patrons qu'on met trop de temps à quitter et qui vous font du mal, qui disent des choses humiliantes, qui ne tirent pas la chasse d'eau des cabinets, qui laissent des culottes sales par terre que l'on doit ramasser.

Azul espère que la dureté ne se voit pas et que seules transparaissent les heures heureuses avec Ingrid.

Avant l'atterrissage, Azul se rend dans les minuscules toilettes de l'avion qui sentent le vomi. Elle a préparé une trousse avec du parfum italien, une bouteille Armani qu'Ingrid lui a offerte.

Azul a fait quelques pschitt d'Armani dans les toilettes pour les futurs occupants, car Azul ne veut pas que les prochains passagers entrent dans des toilettes qui puent. Puis elle se maquille. Elle cache les cernes avec du fond de teint (un autre cadeau inutile de la mère d'Ingrid), elle ajoute de l'orange sur ses joues, du rouge à lèvres pailleté assorti à son vernis à ongles. Avant de partir, une copine bolivienne l'a aidée à cacher ses premiers cheveux blancs. Elle se regarde attentivement dans la glace, plusieurs cheveux blancs ont échappé à la teinture, alors elle met du mascara dessus.

Azul a trente-neuf ans. Quand elle était à côté d'Ingrid qui a quatre ans de plus qu'elle, elle voyait bien qu'il y avait un truc qui clochait. Elle possède une photo où elles sont toutes les deux dans la cuisine d'Ingrid en train de boire du café, une photo prise par Carlo avant qu'il ne couche avec Carolina, Ingrid, qui a plus de quarante ans, a l'air plus jeune qu'Azul. Elle est brune, un brun avec des reflets roux pas très naturels. Ingrid n'a pas de cernes, pas de rides, pas de cheveux blancs. Elle s'habille comme une adolescente, avec des jeans serrés et des baskets. Un jour, Azul, en vidant la poubelle, a fait tomber une facture pour une paire de Nike d'Ingrid. 179 euros. 179 euros, Azul n'en revient pas qu'on puisse payer une paire de baskets 179 euros. Cela la fait rire. Elle n'est pas envieuse juste elle trouve cela un peu idiot. On déniche les mêmes baskets au marché pour 12 euros.

Pour prendre l'avion, elle s'est habillée chic. Une chemise à fleurs rouge, jaune et vert, en l'honneur de la Bolivie. Une jupe noire qu'elle a cousue avec un beau coton acheté au marché.

Des escarpins à petits talons. Elle se coiffe d'un chignon avec trois épingles.

Elle se regarde dans le petit miroir des toilettes, elle fait très dame. On voit qu'elle a passé deux ans en Europe.

Elle n'a pas que des cernes et des cheveux blancs désormais invisibles, elle a rapporté en plus de ses 7 300 euros qu'elle a envoyés via Western Union à la Banco Mercantile de Santa

Cruz un air chic européen qu'elle aime bien et qui, elle l'espère, plaira à sa famille.

Mais ça, c'était avant les vingt heures de vol, les escales à Madrid et à Lima. Elle est désolée de voir ses vêtements chiffonnés, Elle souhaite que personne ne s'inquiète pour elle, surtout Miguel, âgé maintenant de dix ans, qui au téléphone lui demandait si elle n'avait pas trop froid en Europe, si elle avait assez à manger, si elle avait des amis, si le travail n'était pas trop dur.

Elle a peur que son chemisier chiffonné ne la trahisse.

Ils sont tous là à l'aéroport. L'avion a trois heures de retard, cela n'a pas d'importance. Ici, on a tout son temps, on a l'habitude d'être en retard, d'attendre les autres. À peine arrivée, Moise lui a tendu une bouteille d'eau fraîche et un sachet d'achachairu, des fruits à coque rouge et à la chair cotonneuse, sucrée et poivrée à la fois.

Il lui semblait, quand elle était à Rome, que Moise ne lui avait pas manqué, mais quand il lui tend le sachet de fruits, il est toujours en train de lui acheter quelque chose, de la nourrir, elle ressent combien la générosité sans fond de Moise est une part inaliénable de sa personne.

Alondra pleure quand Azul la prend dans ses bras. Elle a six ans, elle ne se souvient plus de sa mère.

Alondra est bien ronde, Azul est contente. Ses joues, ses cuisses, tout est bien rond. Elle n'a plus ses cheveux de bébé, ils sont bien épais.

Elle hume l'odeur de sa fille, une odeur de caramel qu'elle porte depuis la naissance.

Elle reconnaît ses yeux noirs, bien noirs, sa peau claire presque espagnole alors que Miguel a la peau si bronzée. Quand ils étaient petits, dans la famille, on les nommait ainsi, Vanille et Chocolat. Miguel a un petit air japonais. D'où cela lui vient ? Des familles japonaises vivent à Santa Cruz, elles ont même ouvert des restaurants, mais Azul n'est jamais allée au restaurant à Santa Cruz. Et il n'y a pas de Japonais dans la famille, mais bon, il a ses yeux de Japonais et la peau bien brune. Il embrasse timidement sa mère, tente de la prendre dans ses bras, il mesure un mètre trente, il est un peu maladroit, un peu maigrichon. Azul pense aux plats qu'elle va lui faire pour qu'il grossisse. Du manioc, du riz à la sauce de cacahuètes, du quinoa revenu avec des poireaux, beaucoup de viande de bœuf, des gâteaux au sucre de canne.

Avec l'argent qu'elle a rapporté, elle va pouvoir lui offrir tout cela.

Azul a rapporté des kilos de cadeaux, des robes, des poupées en plastique, une PlayStation pour Miguel. Alondra essaie la robe blanche avec des pois rouges.

Alondra n'a pas reconnu sa mère. Son père lui a expliqué, c'est ta maman. Depuis, elle ne quitte plus les bras de sa mère.

Elles font le tour de la maison ensemble. Avant de partir, Azul avait acheté le terrain le moins cher de Santa Cruz, dans le quartier des garagistes, les routes ne sont pas goudronnées, et, dès qu'il pleut, et il pleut beaucoup à Santa Cruz, les chemins de terre sont troués de partout. Les chemins n'ont pas changé, mais de nouvelles maisons ont été construites grâce au travail des femmes parties pour l'Italie, la France, l'Argentine, ou les États-Unis.

Avec l'argent qu'Azul a envoyé tous les mois à Moise, la maison n'a pas beaucoup avancé. Il faut sortir sur la terrasse pour prendre une douche, aller aux toilettes. Il faudrait carreler la terrasse, pense Azul. Elle pourrait aussi peindre chaque pièce, les trois chambres, le salon, d'une couleur différente. Sa chambre serait orange, celle des enfants, vert amande, le salon, bleu clair.

Mais avant de penser à tous ses projets, aux bons plats pour Miguel, au carrelage pour la maison, il va falloir parler à Moise de ses dettes.

Est-ce qu'avec l'argent qu'elle a envoyé, 100 dollars tous les mois, il a pu les rembourser et est-ce que tout va bien dans la maison ?

Ce n'est pas le moment, là c'est l'heure de la fête.

En deux ans, la ville de Santa Cruz a changé.

C'est moins la grosse crise, lui montre Moise.

De nouveaux concessionnaires de voitures ont ouvert, Honda, Nissan; dans le quartier, les garagistes ont beaucoup de travail. Il y a des pizzerias dans le centre-ville, des boutiques de vêtements importés du Brésil concurrencent le marché des vêtements des Sept-Rues qui ne vend que des habits fabriqués en Bolivie, les polleras, les chemises tissées, des tee-shirts avec l'équipe de football de La Paz qui a gagné sur son terrain contre l'équipe de Rio. On sait bien que c'est grâce à l'altitude, les Brésiliens peuvent à peine respirer chez nous, mais on est quand même fier qu'ils aient gagné 3-0 contre eux. Alors qu'il y a deux ans, chacun cherchait à quitter Santa Cruz, maintenant la ville accueille des indigènes de la plaine et des montagnes, de la Bolivie jusqu'au Pérou. Et de plus en plus de trafiquants colombiens.

Il faut faire attention le soir. Il y a des histoires de viols, de vols à main armée contre des commerçants.

L'argent qui rentre, les nouveaux magasins, les pizzerias, les voitures neuves, la famille a vite fait d'expliquer à Azul, mais elle connaît le sujet. Le trafic de cocaïne.

Pour les petits commerçants, les sœurs et les belles-sœurs d'Azul installées aux Sept-Rues ou au marché de la Rotonda, encore plus populaire, l'argent de la drogue n'apporte pas grand-chose.

Les trafiquants ne vont pas dépenser leur argent au marché.

Les courses, ils les font dans le premier supermarché qui vient d'ouvrir, le Super Uno où le quinoa n'est plus vendu en vrac à 3 bolivianos le kilo, mais dans de jolies boîtes en carton avec la photo d'une famille espagnole, des gens blancs et blonds, en train de dîner sur une nappe à carreaux rouges et blancs, la mère debout qui sert les assiettes. La boîte de 250 grammes vaut 15 bolivianos. Azul est allée visiter le Super Uno avec Alondra, Miguel, Moise, qui voulaient lui montrer combien la ville est devenue moderne.

15 bolivianos la boîte de quinoa avec la jolie photo, ça ne va pas la tête non, on ne va pas acheter ça et Alondra qui commence à pleurer pour du chocolat en poudre à 40 bolivianos alors que, au marché, on trouve le meilleur chocolat du monde. Il suffit de gratter un rond de cacao durci à 1,5 boliviano au-dessus d'une casserole de lait, d'ajouter un peu de sucre.

Alondra pleure, pleure et tape du pied comme si, pendant deux ans, on avait oublié de l'éduquer. Azul n'en veut pas à sa sœur, à sa mère, c'est si difficile de montrer les règles à un enfant, de dire non, c'est non, alors qu'on a envie de lui dire oui. Azul oppose un non ferme à Alondra, qui continue à pleurer. Alors elle lui saisit le bras, lui baisse sa culotte et fait mine de taper. Alondra la regarde si ébahie qu'elle en oublie de crier.

Moise a de nouvelles dettes. Pour finir de construire la maison, il a emprunté de l'argent à la banque, il pensait pouvoir rembourser, avec l'argent d'Azul et les revenus de son camion-citerne. Mais le camion a eu un accident, il ne pouvait pas payer les réparations, ni s'acheter un nouveau camion. Alors, avec l'argent qui lui restait, un copain lui a conseillé d'aller jouer dans les machines à sous au casino de l'hôtel Los Tajibos :

– Avec l'argent gagné, tu pourras non seulement faire réparer son vieux camion-citerne tout pourri, mais surtout en acheter une flopée d'autres, un garage entier de camions neufs, brillants, des camions qui font du cent-quatre-vingts kilomètres-heure, dans laquelle on peut transporter plus d'une tonne de fruits et légumes, dans une remorque réfrigérée, avec une cabine, équipée d'une banquette pour dormir. Tu imagines ?

Oui, Moise se voyait très bien conduire un camion pareil. Et, le lendemain, il a perdu tout l'argent qu'il avait emprunté pour terminer la maison en plus du dernier mandat d'Azul dans les machines à sous du casino de l'hôtel Los Tajibos avec ses immenses flamants roses clignotants et sa piscine en forme de cacahuète éclairée la nuit.

En apercevant la piscine, il avait espéré qu'un jour, lorsqu'il aurait gagné beaucoup d'argent avec son nouveau camion, il offrirait à Miguel, Alondra, Azul, Natalia, son fils et sa fille, Ximena, une journée de vacances dans cet hôtel. Il y avait tant de gens autour de lui qu'il aimait, ses frères, ils étaient six, ses neveux et nièces, ses cousins, ses oncles et tantes, il fallait pouvoir inviter tout le monde, sinon, ce serait injuste.

Azul est revenue à Santa Cruz depuis une semaine. Elle projette de reprendre un stand au marché de la Rotonda. Elle a rendez-vous à la banque avec Moise.

Elle apprend cela et ce n'est pas Moise qui le lui dit.

Moise a hypothéqué la maison pour ses dettes de jeu, il ne reste rien des 10 000 euros qu'elle a économisés en plus de l'argent qu'elle a envoyé tous les mois. Elle est partie deux ans pour rien, elle a pleuré tous les soirs, tous les dimanches parce que Alondra et Miguel lui manquaient trop, elle s'est perdue dans une ville inconnue dont elle ne connaissait pas la langue, pour rien.

Elle aime et déteste Moise, sa gentillesse et sa lâcheté.

Six mois après son retour, elle doit repartir.

Comment trouver la force ?

Quand elle en arrive à penser cela, une pensée qu'elle tente de repousser le plus loin d'elle, elle pleure et ne peut pas s'arrêter, mais cela n'est pas possible, elle ne peut pas pleurer aussi longtemps, car il n'y a personne pour la consoler, dans l'avion, à l'aéroport de Lima, à celui de Madrid, ni à Paris.

Elle le sait, car c'est la deuxième fois qu'elle part.

La cousine qui va l'héberger dans une chambre à Saint-Ouen a ses propres tourments, il ne faut pas qu'elle soit un poids supplémentaire. Alors elle arrive enthousiaste, optimiste.

Et puis elle va à Paris. Tout le monde rêve de visiter Paris.

Paris

De la rue, le couvent ressemble à un immeuble d'habitation pour petits-bourgeois trop contents de vivre enfin dans le XVIe arrondissement. Un bâtiment des années 1960 dans cette rue résidentielle située derrière la place Victor-Hugo. Des jeunes filles entrent et sortent par la porte vitrée.

Elles parlent espagnol. Certaines sont plus âgées que les autres, sans qu'il soit possible de leur donner un âge.

C'est ici qu'a été accueillie Azul.

L'entrée ouvre sur un long couloir qui distribue une succession de petites pièces, dans chacune, deux chaises, parfois un fauteuil, une table, le sol est recouvert d'un linoléum orange qui a dû être joyeux il y a trente ans. Ce sont des parloirs.

La première chose que sœur Pilar lui offre, c'est de parler. Ce jour-là, toutes les petites pièces sont prises.

– Ce n'est pas grave. On peut aller au réfectoire, lui dit sœur Pilar en espagnol.

Les trois religieuses qui accueillent les jeunes femmes sont minuscules, aucune ne dépasse un mètre soixante.

Sœur Pilar est la plus ancienne ici. Elle a presque quatre-vingt-dix ans et la plus petite aussi, à peine un mètre cinquante. Cette idée la fait rire.

Elle court pour trouver un endroit afin de parler enfin à Azul en tête à tête.

Sur sa robe-chemise de laine grise serrée d'une fine ceinture du même gris, elle porte un gilet gris au liséré pailleté. Azul a remarqué les paillettes, violettes, bleu marine. Elle aurait aimé que sœur Amalia de Chuqui-Chuqui, qui lui avait confectionné sa robe de couronnement de reine de l'école, voie cela.

Sœur Amalia devait avoir le même âge que sœur Pilar. Peut-être qu'elles se sont déjà rencontrées ? Deux sœurs espagnoles qui vouent leurs vies aux autres ?

– Sœur Amalia de Chuqui-Chuqui, bien sûr que je sais qui elle est, s'exclame sœur Pilar. Elle est très célèbre.

Azul est fière.

Les cheveux lissés gris de sœur Pilar sont à peine masqués par un voile, de sa main, elle caresse rapidement la joue d'Azul.

– Tu as faim ?

Elle n'attend pas la réponse d'Azul, sort de sa poche une banane et une barre de chocolat.

Sœur Pilar glousse en lui expliquant :

– Nous offrons ici une éducation spirituelle. Bon ça ce n'est pas original. Avec sœur Amalia, tu as eu tout cela. Et aussi une bonne éducation.

Elle veut bien se faire comprendre. Sa paire de lunettes de métal posée sur un nez fort, elle regarde Azul.

Une jeune femme qui a quitté sa famille, son pays, sa langue, c'est forcément pour une raison grave.

– Ce qui compte, dit-elle enfin, c'est l'éducation culturelle. Avec sœur Amalia, tu as appris à chanter, à danser, tu as porté de belles robes ? C'est bien, mais ce n'est pas assez. Il faut que tu ailles dans des musées, au théâtre, au cinéma, que tu lises des livres.

Elle désigne à Azul une affiche dans l'entrée.

Sont inscrits d'une écriture soignée les adresses des bibliothèques municipales, les noms des musées de la capitale, leurs adresses, les stations de métro et souligné en rouge le jour d'ouverture gratuite, une affiche pour un spectacle offert par les élèves du lycée Molière, *Les Précieuses ridicules* de Molière.

Sœur Pilar prend un air sérieux. C'est son domaine. Elle enseigne le français.

– Il faut que tu apprennes à parler le français, à le lire et à l'écrire. Tu dois lire des livres en français.

Elle emprunte un ton de plus en plus sérieux. Elle conduit Azul par la main dans la salle de théâtre.

Une vaste pièce aux moulures de bois. Elle fait la même taille et est aussi ornementée que la salle destinée à la messe. Elle a été aménagée en 1925, quand le couvent a ouvert ici, rue Saint-Didier, dans le jardin d'un hôtel particulier avec court de tennis couvert. Les cellules des sœurs ont été aménagées dans cette salle.

– Oh, elles sont humides, brrr, se plaint sœur Pilar.

Elle parle souvent par onomatopées. Brree, grss, houhou.

Les murs du théâtre sont recouverts de panneaux de merisier. Le grand piano est caché par une couverture de laine marron. Les chaises pliantes sont en bois. Sœur Pilar imite un ouille you ouille muet avec sa bouche. Il faut faire attention à ne pas se pincer les doigts. La scène est en arrondi, le rideau de scène en velours bleu est ouvert.

– Ici, on va monter *Les Précieuses ridicules*. Il faut que tu la lises. C'est une pièce d'un grand auteur français, Molière. Il y a une servante qui s'appelle Toinette et qui fait émerger la vérité dans une maison où tout le monde se ment à soi-même et aux autres.

En entendant cela, Azul n'a qu'une envie, lire cette pièce. Elle se promet d'apprendre le français le plus vite possible.

Sœur Pilar fait des gros yeux, j'ai joué Lorca. Un grand auteur espagnol, interdit par le général Franco. Un sale type, aussi sale que ton général Banzer en Bolivie. Elle ajoute rapidement, Miséricorde. Priez pour eux.

Et enchaîne.

– J'ai joué dans *La Maison de Bernada Alba*, la plus jeune des sœurs. Tu connais ?

Elle ne laisse pas le temps à Azul de répondre.

– C'était il y a bien longtemps. Un rôle magnifique. Je n'aimais pas jouer la vieille sœur, celle qui est laide et a trente-neuf ans, qui se résigne. Non, j'aimais la plus jeune, Adela la révoltée, l'amoureuse.

Azul est de plus en plus excitée par tout ce qui lui raconte sœur Pilar.

– Ce n'est pas terminé, martèle sœur Pilar. Nous nous chargeons de l'éducation festive.

Pour illustrer son propos, elle se met à glisser sur le sol à dallage de marbre vert, noir et blanc.

– Tu connais Édith Piaf ?

Azul ne connaît pas Édith Piaf. Elle connaît Brigitte Bardot.

– Édith Piaf est une grande chanteuse française. Elle est très importante pour comprendre la culture française.

Sur ces mots, sœur Pilar entonne *L'Hymne à l'amour*, encourageant Azul à fredonner avec elle et à reprendre les paroles, en français.

En partant, sœur Pilar donne à Azul une photocopie des paroles de *L'Hymne à l'amour* et le numéro de téléphone de madame Isabelle, une fidèle de la messe en espagnol du dimanche soir.

Elle pourrait l'héberger dans une chambre de huit mètres carrés au sixième étage sans ascenseur, avec robinet d'eau froide et toilettes à la turque sur le palier, contre dix heures de ménage par semaine.

– Ce n'est pas terrible, mais je n'ai que cela à te proposer pour l'instant. On trouvera mieux.

– Reviens mardi prochain, tu me diras comment cela se passe avec elle, d'ici là, je t'aurai trouvé une traduction des *Précieuses ridicules*. Tu veux bien ?

Azul est d'accord pour tout.

La congrégation des sœurs de Marie-Immaculée a été fondée par sœur Vicenta en 1876 à Madrid pour accueillir les jeunes filles en détresse. Elles avaient douze ans, treize ans, quatorze ans, parfois étaient des vieilles de trente ans, des veuves. Elles arrivaient de leurs campagnes dans la grande ville. Elles ne possédaient rien à part les vêtements qu'elles portaient. Elles avaient des connaissances précises ; lire le relief dans la montagne et garder un troupeau de brebis sans jamais avoir à courir, distinguer au regard le caractère d'un agneau, prédire le temps et la pluie à la forme des nuages, mais elles ne savaient ni lire ni écrire.

En ville, les plus appétissantes pouvaient espérer la prostitution.

– Pourquoi Vicenta, puis toi, vous avez décidé de consacrer votre vie aux autres ?

– C'est toujours un mystère, Azul. Ce n'est pas une chose que l'on décide. Je pourrais établir la liste des raisons qui m'ont amenée ici. Ces raisons, que l'on pourrait nommer la culpabilité, ou, son autre versant, le désir de faire le bien, l'éducation chrétienne, seraient bancales, insuffisantes. La plus juste serait la simple joie de donner. Et aussi, j'admire votre courage et je tire de la force à être à vos côtés. Je crois que c'était la même chose pour Vicenta.

Sœur Pilar montre à Azul un portrait de Vicenta enfant.

Vicenta, à l'âge de dix ans, connaît les prénoms et les histoires des filles des rues hébergées par sa tante. Lucia, María, Trini, Ximena, Asunción, Berta, Eufemia, Nieves, Milagros, Xochitil, Zara.

Lucia a été mariée à l'âge de douze ans. Elle a eu son premier enfant à treize ans, une petite fille mort-née, puis un deuxième à quatorze ans, une autre petite fille mort-née.

María est orpheline, elle a toujours travaillé, même toute petite. Elle n'a pas grandi, gardé son corps d'enfant, elle a mis son enfance de côté, espérant la retrouver intacte un jour et, enfin, en profiter pour jouer un peu.

Trini ne connaît pas son âge, mais elle sait qu'il y a longtemps, elle plaisait aux hommes.

Ximena et Asunción sont sœurs jumelles. Quand l'une est désespérée, l'autre la tire vers le haut et inversement.

Berta ne parle pas. Elle a les mains très rouges, sa peau semble fondue.

Eufemia ne parle pas non plus d'elle, sauf une fois pour dire que, se retourner en arrière, c'est tomber dans une fosse à purin.

Nieves est la seule qui pose des questions à Vicenta. Elle veut savoir à quoi ressemblent les chiffres et l'alphabet, à quoi ressemble la vie d'une fille dont le père pense qu'elle est un prodige.

Vicenta leur lit tous les soirs quelques pages de *Don Quichotte*. C'est pour connaître la suite de ces aventures que Nieves fut la plus rapide à apprendre à lire.

À dix-neuf ans, Vicenta déclare à ses parents qu'elle ne se mariera pas, elle ne leur donnera pas dc petits-enfants, elle s'offre, entièrement et avec joie, à ses jeunes filles.

Vicenta a donc inventé cette congrégation et ces drôles de missions. Il faut héberger et nourrir ces jeunes femmes, mais ce n'est pas suffisant.

On doit aussi les éduquer, les cultiver, leur apprendre à lire, et pas seulement le missel, lire de la poésie et des romans, aller au théâtre, écouter de la musique et en jouer. Vicenta écrit : « Je veux m'efforcer d'obtenir tout ce qui peut conduire au bien des jeunes filles. »

Les jeunes femmes éduquées deviennent secrétaires, gouvernantes, domestiques, nourrices, employées de maison. Elles continueront à danser, lire des romans, réciter des poèmes, jouer sur scène, chanter, selon leur bon plaisir.

Sœur Pilar, qui est passée par la Casita de Madrid, a joué Lorca, le dramaturge interdit par le général Franco et puis est partie apprendre à lire, écrire, compter, danser et chanter à des jeunes filles à Marajó, une île située à l'embouchure du fleuve Amazone au Brésil et à Beleko, une petite ville malienne puis à Paris au couvent de la rue Saint-Didier, où elle a accueilli Azul et tant d'autres filles.

Grâce à sœur Pilar, Azul apprend à lire et écrire en français, elle assiste à une représentation des *Précieuses ridicules* de Molière sur la scène du couvent de la rue Saint-Didier, jouée par les élèves de terminale du lycée Molière. Elle rit beaucoup.

Elle récite, par cœur, les sanglots longs de l'automne, chante la version de Charles Trenet. Sœur Pilar lui a montré comment il avait changé le verbe « blesser » en « bercer ». Cela plaît à Azul. « Bercer ». Elle répète, bercer, bercer, bercer.

Depuis trois mois, Azul travaille chez madame Isabelle.

Elle arrive le matin à 7 h 30 pour préparer le petit déjeuner des filles, les emmener à l'école puis s'occupe du ménage.

Azul écoute les ordres vagues de madame Isabelle et les applique.

Au début, elles ne se parlent pas.

Azul observe l'énergie déployée par madame Isabelle pour cacher ses soucis. Elles doivent avoir le même âge. Mais sa patronne a l'allure d'une jeune fille ou plutôt d'une vieille jeune fille, la peau du visage très blanche, tirée, les cheveux ramenés dans une maigre queue-de-cheval. Elle se gratte le haut du dos, cherchant à l'aide du majeur la moindre croûte, la délogeant.

Madame Isabelle est obsédée par ce qui n'est pas lisse. Elle souhaite que sa vie soit aussi lisse que la photo qu'elle envoie pour la nouvelle année à ses proches. Son mari et elle, les deux filles. Tous les quatre, main dans la main, ce qui n'arrive jamais sauf quand ils posent pour la photo annuelle. Lui est un petit homme sec, arrogant, qui parle très vite. En photo, il est souriant et a l'air presque sympathique. Il n'est pas méchant, mais est persuadé d'avoir toujours raison. Il juge sa femme gentille, sotte, inférieure. Ses filles ne l'intéressent pas. Il aurait préféré un garçon. Il a été tenté d'avoir un petit troisième, mais, après avoir consulté son banquier et les taux d'emprunt immobilier, il s'est convaincu qu'il n'était pas raisonnable d'agrandir la famille. À sa femme, un soir, alors qu'elle se lève pour débarrasser la table, il annonce sa décision. Malgré son souhait à elle, ils n'auront pas d'autres enfants. D'un coup, le cœur de madame Isabelle rétrécit.

Devant Azul, la sœur de madame Isabelle se moque d'elle :

– Tu n'es qu'une petite-bourgeoise étriquée.

Madame Isabelle pense que sa sœur a raison. Elle aimerait sortir d'elle-même et ne sait comment.

Elle pourrait s'habiller autrement, couper ses cheveux, se maquiller.

Elle demande conseil à Azul parce qu'elle n'a pas d'amis et qu'elle a peur du jugement de sa grande sœur.

Elle doit aller au mariage d'une cousine à Angers. La grande sœur de madame Isabelle, Sylvie, sera là. Elle est antiquaire, mariée à un pharmacien. Au dernier étage de leur maison au centre d'Angers, elle a installé un atelier. Elle y peint des aquarelles, des bouquets de fleurs de saison, lilas au printemps, jacinthes l'hiver, elle aspire du thé de Chine à petites gorgées, elle est très exigeante sur la marque et la provenance de son thé, porte une salopette, attache ses cheveux avec un pinceau et au mariage de cette cousine, elle ira sans chapeau, avec une robe noire, car elle trouve tous ces bourgeois, et en particulier sa sœur, dans son appartement du XVIe, si étriqués.

Madame Isabelle pense que sa sœur a raison, elle redoute son jugement. Elle aimerait être « cool ».

Elle pourrait s'habiller tout en rouge, robe, chaussures, chapeau ?

Plus elle y pense, plus elle se trouve ridicule.

Il n'y a qu'en compagnie d'Azul qu'elle ne se sent pas jugée.

Avec son mari, avec sa sœur Sylvie, avec les parents d'élèves, elle passe tous les jours un examen, qu'elle rate.

La robe rouge. Elle l'a choisie en mousseline, avec de petites manches. Azul a repris l'ourlet.

– Vous avez de jolies jambes.

Au mariage, la voyant, dans sa robe rouge et ses jambes nues, son mari et sa sœur ont eu la même réaction l'un et l'autre :

– Tu te prends pour qui ?

Très vite, Azul en sait davantage sur elle, sur la France, que madame Isabelle.

Madame Isabelle est née à Angers. Son père est médecin, sa mère est une Espagnole dont la famille soutenait gentiment le général Franco. Elle se rend le dimanche soir à la messe en espagnol au couvent de la rue Saint-Didier, sans saisir qu'elle est chez les révolutionnaires.

Azul sait où acheter les produits alimentaires moins cher que Monoprix, c'est ridicule comme c'est cher, et elle rigole devant l'absurdité des prix par rapport à ceux de Lidl ou même Carrefour. Elle donne des comparaisons à madame Isabelle.

Elle fait des courses pour madame Isabelle qui est toujours fatiguée même si elle reste collée sur son canapé tous les après-midi.

Madame Isabelle est soulagée quand ses filles disparaissent derrière la porte de leurs classes le matin, le chemin du retour avec elles à 16 h 30 l'angoisse. Elles sont agitées, se chamaillent, la plus petite refuse de marcher, l'aînée pleure, elle se sent impuissante.

Personne ne l'avait prévenue qu'être mère était aussi difficile.

Après l'échec de la robe rouge, elle s'est remise à collectionner les robes noires.

Madame Isabelle est trop maigre, c'est pour cela qu'elle est toujours fatiguée.

Azul lui dit, *no te preocupar*, je vais te bercer et faire les courses.

Madame Isabelle n'en revient pas.

Madame Isabelle est une petite chose fragile, elle a les cheveux si clairs qu'ils paraissent blancs.

– C'est très difficile d'avoir un blond aussi clair Azul, lui a-t-elle expliqué.

Azul aimerait que madame Isabelle dépense mieux son temps et son argent. Elle n'a pas besoin de décolorer ses cheveux, elle a de très jolis cheveux châtains au naturel (Azul a vu une photo d'elle plus jeune), elle devrait grossir un peu.

Azul lui apporte des gâteaux aux zestes d'orange, prépare des pâtes avec des tomates crues à la romaine, madame Isabelle se sert une grande assiette de pâtes, prend une part de gâteau, commence à manger puis se ravise, grignote trois miettes.

C'est dommage, madame Isabelle serait plus en forme si elle mangeait un peu plus.

Madame Isabelle conserve tout, son visage, son poids, son temps, tandis qu'Azul dépense.

Elles ont quarante-deux ans toutes les deux. À les regarder, ce sont deux âges différents.

Le visage d'Azul est marqué de tout ce qu'elle a fait, se lever si tôt le matin, s'occuper des uns et des autres. Le corps d'Azul, sa taille, ses jambes, ses bras, sont lestés de toutes les bonnes choses qu'elle mange, le riz au lait, les yaourts avec de la canne à sucre, des tranches d'ananas revenues dans de l'huile. Les journées d'Azul durent des dizaines d'heures de plus que celles de madame Isabelle.

Madame Isabelle n'a pourtant jamais le temps, elle est pressée, elle va chercher ses filles à l'école, doit trouver des chaussures assorties à sa jupe en cuir noir et ne trouve rien, un cauchemar, même chez Franck et Fils, le grand magasin chic de la rue de Passy, tout est moche. Azul a le temps de compatir.

Elle a un peu pitié que madame Isabelle sache si peu vivre, mais elle l'aime bien.

Azul se sent en sécurité chez elle, mais n'éprouve pas le même sentiment d'intimité qu'avec Ingrid. Elle observe sa patronne avec distance. Azul se dit qu'elle a changé. Son cœur s'est durci. La solitude de madame Isabelle ne lui pèse pas autant que celle qu'elle ressentait chez Ingrid.

Ce sentiment désole Azul. Qu'elle soit devenue ainsi ne lui plaît pas.

Madame Isabelle a un riche mari qui n'est jamais là.

Madame Isabelle ne travaille pas, sauf quelques heures dans une association humanitaire aux objectifs flous (intégration culturelle pour les enfants en difficulté). Après des dizaines de réunions et de coups de fil, elle a tenté d'organiser des visites au musée du Louvre pour une classe d'un collège de Saint-Ouen, cela n'a pas pu se faire, car madame Isabelle n'a jamais obtenu les autorisations, « en France l'administration est très sclérosée », s'est-elle justifiée pour faire oublier son incompétence.

Il lui a fallu huit mois pour se remettre de cet échec et trouver un autre projet d'intégration culturelle.

Là où madame Isabelle est efficace, c'est pour s'acheter de beaux vêtements. Elle sait choisir des pull-overs en cachemire de bonne qualité, des vestes en velours bien coupées.

Azul ne s'offusque pas. Elle se souvient de sa joie devant sa robe de couronnement offerte par sœur Amalia.

Ensemble, elles admirent la qualité et l'originalité de la coupe, du tissu. Madame Isabelle s'habille toujours en noir, en marron, en bleu marine, ses petites jambes allumettes dans des jeans noirs collants.

Azul lui conseille de s'acheter une robe rose cette fois. Madame Isabelle l'écoute. Cela fait plaisir à Azul.

Madame Isabelle observe à son tour Azul.

Elle semble toujours savoir ce qui est bien pour elle et les autres.

Quand elle fait le ménage, chacun de ses gestes est maîtrisé, rien n'est dû au hasard.

Elle possède une pratique, elle lance ainsi un long mouvement préparé, qui lui permet de ne jamais revenir en arrière. Elle sait qu'un frottement inutile sera à soustraire à la fin de la journée, une fatigue de trop. Elle prend note de ce qui est sale et qui nécessite son attention, ce qui est propre et peut attendre. Elle est perfectionniste, mais l'efficacité doit primer. Il ne faut pas se fatiguer sur un objet qui accroche, le laisser tremper, attendre. Azul est concentrée, elle fait son ménage, elle dit « mon » ménage, elle se déplace de la même façon chaque jour.

Madame Isabelle, son mari et ses deux filles vivent rue de l'Assomption dans un appartement haussmannien, parquet, moulures, salon et salle à manger séparés par une porte vitrée, cuisine au bout d'un long boyau, deux chambres, une salle de bains au carrelage orange et marron qui n'a pas été refaite depuis 1974.

Azul a plein d'idées pour cet appartement, il faudrait supprimer toutes ces portes vitrées, installer une cuisine américaine dans la salle à manger, transformer la petite cuisine en chambre pour la cadette. Madame Isabelle est d'accord, mais c'est son mari qui décide. Tout en l'écoutant, Azul pose ses produits au même endroit, attaque de gauche à droite les surfaces planes, ouvre les fenêtres en grand, secoue les housses beiges du canapé, tape les coussins brodés, pour le lit, elle allonge de la main gauche le drap pendant que la droite le tire, sans se décourager à la vue de la poussière qui revient toujours, tient son plumeau avec fermeté sur chaque bibelot de la cheminée, photos d'enfants dans des cadres argentés, la poussière est attirée puis emprisonnée.

Elle utilise un plumeau en plumes d'autruche et laisse de côté les lingettes dépoussiérantes que madame Isabelle a achetées.

Elle caresse du plumeau le crucifix au-dessus du lit puis s'arrête, la poussière ne reste qu'un instant en suspension dans l'air et tombe sur le sol. Elle passe ensuite l'aspirateur.

Son geste est précis, vases, cadres de photo, boîtes, livres, couvre-lit, chaussettes abandonnées sous le lit, s'envolent puis retombent et retrouvent leur place, en mieux. La chaussette n'est plus seule.

À la regarder, tout paraît simple. Un ballet fluide et efficace.

Un jour, en cachette, madame Isabelle a tenté de l'imiter.

Elle a perdu du temps en allant à la cuisine, verser de l'eau, son chiffon était trop mouillé et il lui a fallu un deuxième chiffon pour essuyer les traces de liquide laissées partout (dans l'évier, sur le sol, sur la table), elle s'est fatiguée pour rien. Son geste est mou, la poussière ne fait que tournoyer et revient se coller là où elle était, dès qu'elle a tourné le dos.

Lorsque Azul passe le chiffon sur la table en bois verni, cela ne dure que quelques secondes, elle avance d'un côté, le bas de son corps bouge à peine. Madame Isabelle s'agite, fait le tour de la table, déplace la saleté au lieu de la soulever, Azul est déjà partie ailleurs.

Azul voit des détails que madame Isabelle ne voit pas, les traces de doigt sur les interrupteurs, sur la plaque des poignées, les résidus sur l'encadrement des portes, les plinthes, les pieds des meubles, l'ordinateur. Azul se place de biais pour observer les miroirs, les fenêtres, les vitres, si elle découvre une traînée, elle l'efface d'un geste léger. Elle traque le sol, ramasse les détritus et les papiers et les jette dans un sac plastique qui pend de son coude, elle sort de la poche de son tablier une éponge et, avec le côté qui gratte, nettoie un résidu accroché au tapis. Il semble à madame Isabelle que la gestuelle d'Azul est magique, presque facile.

Madame Isabelle ne sait pas encore que ce sont des gestes de combattante, qu'Azul est un soldat, qu'elle mène chaque jour une nouvelle guerre qu'elle doit gagner chaque fois.

Azul connaît des gens, beaucoup de gens, des gens de partout.

De gens chez qui elle a travaillé et avec qui elle est restée liée, des commerçants, des gens de Ris-Orangis, des gens qu'elle a rencontrés dans le RER, à l'église du métro Victor-Hugo, des Sud-Américaines qui font du ménage. Une fille qui est arrivée à l'âge de seize ans pour rejoindre sa mère et qui est maintenant, dix ans après, avocate, une autre qui a ouvert un café colombien à Montparnasse, une qui est professeur d'espagnol dans une école privée catholique, un guitariste qui vient d'enregistrer son premier disque, un cuisinier péruvien qui la drague.

Elle connaît aussi un professeur de droit de l'université, un député, un maire, un ancien ministre, un proviseur de lycée, un tailleur, un boucher, un cuisinier, des femmes au foyer, une coiffeuse, une voyante, une pharmacienne, un instituteur, tous ces gens lui téléphonent, j'ai besoin de toi Azul. Et aussi chacun lui offre ce qu'il peut lui offrir, comme sa mère avec les indigènes de la montagne.

Un conseil juridique pour une de ses copines, deux faux-filets pour les enfants, un chignon un samedi après-midi, je vous arrange ça entre deux clientes Azul, je vous dois bien cela, un remède pour la toux sèche qui ne part pas, des albums pour les enfants, un manteau chaud qui n'est pas de la dernière mode, mais si bien coupé.

Azul répond toujours oui, elle va s'arranger. Elle partira plus tôt aujourd'hui parce qu'elle doit aider madame Élisabeth (la pharmacienne), qui a invité des amis à dîner et a un poignet dans le plâtre, la pauvre.

Azul se demande comment madame Isabelle peut avoir des amis aussi ennuyeux.

Les amis de madame Isabelle parlent des endroits qu'ils ont visités et, dans leur bouche, le monde est plat et tout se ressemble.

La montagne et la mer, les chambres climatisées, les fruits sans saveur. Les détails sont une succession de petits éléments sans vie, la couleur des rideaux, la marque des draps, le sable, le prix des cours de ski, les céréales, les iPad et les tee-shirts avec des inscriptions, les mêmes lunettes de soleil en forme de mouches.

Azul pense aux dizaines de nuances de bleu des teintures des Indiens de la montagne, à la profondeur des orange, au presque blanc aux reflets noirs de l'eau boueuse du Río Chico, aux multiples formes et saveurs des mangues du jardin de Chuqui-Chuqui.

Elle ne compare pas, elle ne se dit pas, c'était mieux là-bas.

Elle regrette que madame Isabelle et ses amis ne voient pas mieux l'abondance du monde.

Madame Isabelle connaît des parents d'élèves de l'école primaire de la rue de Passy où vont ses enfants, elle n'a gardé aucune copine de classe, car elle a été élevée à Angers. Elle est persuadée que sa sœur mariée à un riche éleveur de chevaux a raison. Elle est bien une petite-bourgeoise étriquée. D'ailleurs, son mari pense la même chose. Elle craint Dieu autant que leurs jugements.

Quand son mari est à Paris, ils fréquentent des gens qui étaient avec lui à Sciences-Po. Ils sont tous en couple, son mari se méfie des célibataires sans enfants, ceux qui ne leur ressemblent pas. Ils dînent un samedi par mois chez Sylvie et Laurent. Ils se reçoivent à tour de rôle, Laurent qui fait des allusions sexuelles sur tout, quand il mange, quand il boit, qui évoque ses performances, ce que lui fait Sylvie dans la voiture, sur le périphérique, Laurent qui a une bouche molle, des poils disséminés sur le crâne, les yeux d'un bleu fade. Il y a aussi Valérie, dont le mari est en voyage, avec ses seins dans son push-up qui sortent de son décolleté, sa culotte que l'on devine sous son pantalon, qui regarde le mari de madame Isabelle en baissant les yeux, lui parle avec une voix doucereuse de petite fille et juge madame Isabelle idiote parce qu'elle ne travaille pas.

– Mais qu'est-ce que tu fais de tes journées, tu ne t'ennuies pas ?

Madame Isabelle tente de bafouiller un truc sur son association humanitaire et l'intégration culturelle des enfants des cités, mais cela n'intéresse personne.

Azul les a bien regardés un soir où ils sont venus dîner et que madame Isabelle lui a demandé de rester pour l'aider.

Madame Isabelle ne sait pas des choses sur elle-même qu'Azul a devinées.

Elle est trop gentille, elle croit que si elle est gentille avec les gens, les gens vont l'aimer et être gentils avec elle.

Elle se trompe, il suffit d'avoir passé quelques années avec les filles du collège Marie-Jésus de Santa Cruz pour savoir que cela ne marche pas.

Les putes, on leur casse la gueule puis on les ignore.

Elle explique à madame Isabelle.

– Soyez gentille avec les gens gentils, les autres, ce n'est pas la peine.

Il faudrait que madame Isabelle montre ses muscles, mais elle ne semble pas en avoir alors qu'elle va une fois par semaine faire un truc qu'elle appelle « Pilati » dans une salle de gymnastique.

Elle sait que madame Isabelle gâte trop sa fille de six ans.

Azul lui a dit, vous avez le droit de lui dire non sinon plus tard, ce sera la catastrophe.

Elle raconte à madame Isabelle de petites histoires sur sa vie en France pour qu'elle comprenne.

Azul n'accepte pas de travailler chez n'importe qui.

Elle ne travaille pas chez les gens radins.

Monsieur André qui lui a demandé de refaire le tissu du canapé et des rideaux les soirs où elle faisait du baby-sitting chez lui et qui payait le baby-sitting, mais pas le canapé et les rideaux.

Ce même monsieur André qui ne voulait pas qu'elle mette elle-même la dose de poudre pour le linge dans la machine, car « une demi-dose, c'est suffisant ».

Et madame Sylvie qui vit dans un duplex au métro Invalides et qui a refusé de lui payer la moitié de sa carte Navigo et de la déclarer.

– Car cela coûte trop cher, tu ne peux pas savoir combien c'est cher l'Urssaf, la Sécurité sociale, Azul, c'est un scandale.

Pendant trois ans, Azul s'est occupée de toute son âme et avec tout son cœur de madame Évelyne qui a quatre-vingt-dix ans.

La fille aînée a décidé que la cuisinière pouvait faire aussi le ménage et s'occuper de l'âme et du corps de sa riche mère.

Azul est partie sans un centime. Après un appel du couvent de la rue Saint-Didier, la fille aînée a proposé 350 euros de dédommagement à Azul, qui a accepté.

Deux semaines après, elle a rappelé, Azul, tu es indispensable et irremplaçable, tu es quelqu'un de la famille.

Azul n'a pas accepté même si elle se demandait comment elle allait trouver un nouveau travail.

Elle a refusé aussi de travailler davantage chez :

La dame chez qui elle avait envoyé la fille d'une copine qui avait seize ans et voulait faire du baby-sitting. La fille de seize ans a gardé quatre enfants pendant les vacances scolaires de 7 heures du matin à 22 heures tous les soirs et la dame trouvait que, 40 euros par jour, c'était suffisant.

Une autre dame qui laissait traîner par terre ses culottes sales.

– Elle ne me respectait pas.

Une dame très occupée qui, au bout de six mois, se trompait toujours de prénom et l'appelait Maria au lieu d'Azul.

Et quand Azul le lui avait fait remarquer, avec la voix la plus polie, la dame s'était moquée :

– Qu'est-ce que cela change ?

Une dame qui voulait lui raconter sa vie sentimentale en détail et qui l'accueillait en sous-vêtements.

– Elle n'avait pas de pudeur.

Un monsieur qui ne tirait pas la chasse d'eau des cabinets.

Un monsieur qui lui a crié dessus.

– J'ai les moyens de te faire renvoyer dans ton sale pays.

Une jeune femme qui avait l'air gentil et avait beaucoup d'argent, ne faisait rien de sa vie, ne savait même pas ranger chez elle, restait enfermée dans sa chambre pendant que Azul faisait le ménage.

– Cela me donnait trop de tristesse.

Aussi, trop de tristesse, tous ces enfants abandonnés par leur riche parent à une baby-sitter, ces adolescents seuls le week-end parce qu'ils sont assez grands pour se débrouiller, qu'Azul viendra faire le ménage le lundi matin avant leur retour et qu'ils ne verront pas la bouteille de vodka vide sous le lit de leur fille de quatorze ans.

Et seul aussi, ce petit garçon de six ans qu'elle va chercher à l'école et qui est relayé à 19 h 30 par une baby-sitter. La mère du petit garçon, une violoniste, donne des concerts à l'étranger, son père vit à Londres et vient un week-end par mois à Paris. Il passe prendre son fils à l'heure du déjeuner le samedi et le ramène, exténué, le dimanche à 15 heures, avec des paquets plus gros que lui, dont il connaît les marques et les prix.

L'enfant récitait de sa voix acide, une ssortinater sony à 1 220 sseuros, un zipad à 50 euros, un switshirt abercrombie acheté à New York 85 dollars.

Azul prétendait s'exclamer avec lui devant les preuves d'amour de son père qui était déjà reparti. Elle était désolée. Elle lui préparait des crêpes aux carottes, lui apprenait à se laver les dents tout seul, lui montrait le fonctionnement de l'aspirateur sans sac qui était presque un jouet.

Il regardait Azul faire son ménage en suçant son pouce. Il la suivait de pièce en pièce.

À 19 h 30, quand la baby-sitter prenait le relais, il dormait déjà.

Azul, le cœur serré, pense à cette minuscule fillette de trois ans qui, un week-end sur deux, espèrait chez son père, sa belle-mère et leur bébé qu'un adulte la prenne dans ses bras. Elle suivait du regard son nouveau petit frère dans les bras amoureux de ses parents. Elle regardait, tendait ses bras vers son père qui ne la remarquait pas.

Ces enfants solitaires, dans ces grands appartements, cela serrait trop le cœur d'Azul.

C'était au début, la douleur de ces enfants français s'additionnait à la douleur de ses propres enfants, elle n'y arrivait pas.

Azul pense, mon cœur est devenu dur et froid ici.

Les premiers mois à Paris, Azul se faisait avoir.

Les dames, ce sont souvent elles qui parlent aux femmes de ménage, les hommes disent juste bonjour, au revoir quand on les croise, comme si, chaque fois, ils vous rencontraient pour la première fois, parfois ils demandent, comment ça va, Azul ? Mais ils n'écoutent pas la réponse. Les dames oublient de payer. Elles disent la semaine prochaine, désolée Azul, je n'ai plus de chèque, je n'ai plus de liquide, j'ai la flemme d'aller à la banque, mais la semaine d'après elles ne sont pas là, elles ont oublié qu'elles partent en vacances à

Méribel, parce qu'elles sont épuisées et qu'il n'y a rien de mieux que l'air de la montagne, Azul, tu devrais essayer. Azul a autre chose à faire que de répondre qu'elle connaît l'air de la montagne, qu'enfant, elle grimpait avec sa mère à quatre mille mètres d'altitude, pour échanger des fruits, du sucre, de la farine contre de la viande et de la laine tissée, que, là-haut, il fait froid, on respire mal et c'est exaltant.

Elle aimerait seulement être payée, car elle ne peut pas attendre quinze jours, elle n'a pas d'argent de côté. Elle envoie tout à sa famille.

Parfois, des dames oublient pour de bon, elles disparaissent, ne répondent plus au téléphone.

Dans ce cas, Azul va voir la sœur Marie à l'église espagnole au métro Victor-Hugo.

C'est sœur Pilar qui lui a présenté sœur Marie.

Une Française de trente-quatre ans.

Rue Saint-Didier dans les petits parloirs au sol recouvert de lino, à la cantine, sur un banc dans la belle salle de spectacle, on parle.

Azul raconte l'abondance luxuriante de Chuqui-Chuqui et Marie, elle, lui décrit Vannes, la rue Delambre.

– Je suis une des rares Gauloises ici, une Gauloise de Bretagne, mais pas au bord de la mer, je viens de là où on élève des cochons. Et ma famille, c'étaient des cochons de première classe. J'ai fugué à seize ans, j'ai pris le train de Vannes, sans ticket. Deux heures après mon arrivée à la gare Montparnasse, grâce à une petite annonce dans une crêperie, j'ai trouvé un boulot de femme de ménage et une chambre rue Delambre.

Au début, je trouvais les patrons trop sympas. Après les parents que j'avais eus, ce n'était pas difficile.

Elle, était invisible.

Lui, était gentil avec moi.

Il m'a même offert un poème qu'il avait écrit, soi-disant, en pensant à moi. Un poème avec des mots sucrés, roucoulants où j'étais belle comme l'aurore.

Je lisais ça dans mon lit. Cela faisait plaisir, je te jure. Le premier qui s'intéressait à moi. Le soir, il m'apportait dans ma chambre des paquets de Petit Lu, de fraises et de crocodiles Haribo, de sucettes Chupa Chups. Il me disait, mange-les devant moi. Cela me fait plaisir. Cela t'embête de te mettre en petite culotte ? On a si chaud dans ta chambre. Ne t'arrête pas, prends autant de bonbons que tu veux. La sucette, tu l'aimes bien fraise-vanille ? Ou tu préfères chocolat pour la prochaine fois ?

J'étais contente. Il s'occupait de moi. Il était très doux.

Il disait, tu as de beaux cheveux. Il me les coiffait et me faisait des nattes ou des couettes. Il répétait, tu es ma petite fille.

Les patrons n'avaient pas d'enfants.

Il me faisait des câlins, viens dans mes bras que je te fasse un gros câlin. J'étais d'accord.

Six mois après, j'étais enceinte. Je le leur ai annoncé. Il a pris une tête de petit garçon, baissé les yeux et est resté silencieux. Ah si, il a juste, dit, c'est pas bien, pardon.

C'est sa femme qui m'a accompagnée pour me faire avorter.

Elle avait l'habitude.

Une Colombienne qui habitait dans la chambre à côté de la mienne m'a parlé du couvent de la rue Saint-Didier.

On est devenue copines le premier jour. Je m'installe dans ma chambre, elle frappe à ma porte et m'embrasse. J'ai cru qu'elle me connaissait déjà. On allait ensemble à la messe le dimanche matin à Alésia et parfois l'après-midi, elle allait en plus à celle de la rue Saint-Didier.

Après l'avortement, les patrons ne voulaient plus me loger, ma chambre était déjà prise par une autre, une Bretonne aussi, qui débarquait de la gare Montparnasse, trop contente de trouver aussi vite un boulot et une chambre. La Colombienne m'a accompagnée jusqu'au métro Victor-Hugo et m'a présentée à sœur Pilar.

Sœur Pilar l'a écoutée sans la juger. Elle est ainsi avec toutes les filles.

Et Évelyne est devenue sœur Marie, avec pour spécialité une imitation de Dalida chantant : « Il voulait mourir sur scène. »

Quand on avait besoin d'un accent gaulois, on appelait sœur Marie.

Elle téléphonait à la dame qui oubliait de payer, disait qu'elle était religieuse au couvent des sœurs de la Miséricorde, rue Saint-Didier à Paris dans le XVIe arrondissement.

Cela impressionnait toujours la mention XVIe. Les patrons imaginaient un bâtiment en pierre massive et blonde, avec de vastes cours fleuries, un cloître lumineux, un réfectoire doté d'une lourde table de chêne massif et non les étroits couloirs, les petites pièces, la cantine aux tables en formica jaune, le lino abîmé du couloir, les chambres en préfabriqué construites sur un court de tennis.

Au téléphone, les dames ne les voyaient pas, le formica et le lino. Elles écoutaient sagement sœur Marie du couvent de la rue Saint-Didier et se justifiaient. C'était un malentendu, jamais elles n'avaient eu l'intention de ne pas payer Azul.

Sœur Marie, Azul, se sont heurtées à la cupidité, le mensonge, la cruauté, la jalousie, l'hypocrisie, la violence et pourtant elles n'ont aucun cynisme et n'ont renoncé en rien, dans leur amour du prochain.

Azul a confié à sœur Marie son inquiétude.

– J'ai peur que mon cœur ne soit devenu dur et froid ici.

Madame Isabelle juge que l'avortement est une abomination. Comment on peut assassiner de petits êtres ? Elle plaint les homosexuels. Elle pense qu'il s'agit d'une maladie et qu'on peut les soigner, qu'ils doivent faire un effort sur eux-mêmes. Elle se demande si les Juifs n'ont pas un problème avec l'argent.

C'est ce qu'on lui a appris à l'école Rose-Croix d'Angers, c'est ce que pensent ses parents, son mari, les amis de son mari.

Elle n'a jamais rencontré (enfin c'est ce qu'elle croit) de femmes qui ont avorté, d'homosexuels ni de Juifs.

Azul lui a raconté l'histoire d'Évelyne devenue sœur Marie, du professeur d'anglais de Santa Cruz, juif et homosexuel, et madame Isabelle l'écoute. Azul lui apporte le monde entier dans son appartement de la rue de l'Assomption.

Azul la tutoie et l'appelle madame Isabelle.

Tous les dimanches à 18 heures, avec les petites, elles vont bras dessus, bras dessous. Pendant la messe en espagnol de la rue Saint-Didier, madame Isabelle lui répète chaque dimanche la même phrase, avec des variantes :

– Azul, qu'est-ce que je ferais sans toi ?

Il faut une année entière à madame Isabelle pour commencer à s'intéresser à Azul et à lui poser des questions sur sa vie.

Brusquement, un matin de février, elle interroge Azul et la vie d'Azul entre dans la sienne.

Madame Isabelle apprend qu'Azul envoie chaque mois 250 euros à sa mère Ximena et à son mari Moise, pour ses enfants, Miguel et Alondra, qu'elle leur a confiés et qu'elle n'a pas vus depuis treize mois et six jours.

Elle met plusieurs secondes à comprendre ce qu'Azul lui révèle.

Elle lui décrit en mots simples, sans larmes, le gouffre dans lequel elle vit. Elle n'a pas vu, touché ses enfants, Miguel et Alondra, depuis janvier de l'année précédente.

Elles se sont quittées en silence.

Le lendemain, alors que madame Isabelle commence à la questionner sur l'âge de Miguel et Alondra, elle voit les yeux d'Azul s'embuer et elle préfère s'arrêter.

Madame Isabelle aimerait faire le bien. Enfant, elle écoutait attentivement ses cours de catéchisme, se concentrait.

Elle avait été très impressionnée par les leçons sur les œuvres de miséricorde, elle les avait apprises par cœur et les récitait pour elle-même.

Les miséricordes corporelles :

Nourrir les affamés

Abreuver les assoiffés

Vêtir les personnes nues

Accueillir les étrangers, les pèlerins, et les gens dans le besoin

Visiter les malades

Annoncer la bonne nouvelle aux prisonniers et le rachat des captifs.

Et les miséricordes spirituelles :

Conseiller ceux qui en ont besoin

Instruire les ignorants

Exhorter les pécheurs

Consoler les affligés

Pardonner les offenses

Endurer les injures avec patience

Prier pour le prochain et pour les morts.

Elle souhaite appliquer ce qu'on lui a enseigné.

L'idée d'aller visiter des nécessiteux la répugne. Ils sont sales et sentent mauvais. Les prisonniers sont dangereux. Elle se sent mal dans les hôpitaux et les maisons de retraite, l'odeur du chloroforme, de la soupe, la rend nauséeuse. Elle se sait incapable de conseiller qui que ce soit.

Elle n'a pas besoin de demander à son mari, il n'est pas question qu'ils accueillent des étrangers dans leur appartement de cent dix-huit mètres carrés, rue de l'Assomption, elle a déjà du mal à lui imposer la visite annuelle de ses parents à Paris. Il refuse de leur laisser sa chambre pour aller dormir sur le canapé-lit du salon.

Ce qu'elle ne peut s'empêcher de trouver peu généreux.

Deux fois par an, madame Isabelle trie et plie des vêtements usés dans un grand sac FNAC et les dépose rue de la Pompe, espérant que des personnes nues les trouvent.

Un jour, à la sortie de la boulangerie, en face de l'école des filles, elle achète un pain au chocolat supplémentaire pour la jeune femme roumaine assise par terre devant la porte et le lui offre sans oser la regarder. Elle a peur que quelqu'un ne remarque son geste. Les Roumaines n'ont pas très bonne réputation. Elle se promet de faire un peu plus. Elle ne sait pas encore comment.

Un mois après l'histoire du pain au chocolat, dans la cour de l'immeuble de la rue de l'Assomption, un peintre qui s'active dans un studio au rez-de-chaussée lui apprend que la pièce est à vendre.

Madame Isabelle a hérité de ses grands-parents exactement de quoi l'acheter. Peut-être est-ce un signe ?

Elle fait semblant de consulter son mari.

Une assurance vie ou la pierre ?

La pierre est plus raisonnable. C'est un bon investissement, lui conseille-t-il.

Madame Isabelle ne confie pas à son mari qu'elle achète le studio pour Azul et qu'elle souhaite l'aider à faire venir ses enfants en France. Elle fait semblant d'avoir l'idée en sortant de chez le notaire.

– Et si on louait le studio à Azul ?

Il lui arrive quelque chose de nouveau.

Ce petit mensonge, avoir caché à son mari la véritable raison de cet achat, la ravit.

Ce petit mensonge, elle se répète que c'est vraiment un tout petit mensonge, rien de grave, une simple omission, son premier acte de liberté.

Ce studio, ce lien avec Azul qu'elle connaît depuis un an, son projet de faire venir ses enfants en France, est sa première chambre à elle.

Elle prend enfin une décision, elle choisit où va aller sa vie.

Elle se regarde dans une glace, se brosse ses cheveux blonds presque blancs, les attache, elle sourit.

L'été suivant, Azul est allée chercher à Santa Cruz ses enfants.

Elle a prévenu Moise qu'elle voulait repartir à Paris avec Miguel et Alondra. Moise est resté silencieux.

Les premiers jours, on a fêté son retour dans le jardin de Santa Cruz. Les restes du barbecue, épis de maïs grillés, blancs de poulet marinés, salade de quinoa, ont permis d'accueillir voisins et amis pendant trois jours. Sous les bananiers et les manguiers, dans la cuisine, on parle.

Alondra, sept ans, Miguel, onze ans, se sont mis à pleurer. Ils ne veulent pas quitter la maison, Moise, leur grand-mère, leurs tantes et oncles, leurs cousins. Azul devrait rester ici. On se débrouillera.

Azul écoute. Elle n'est pas d'accord, ne dit rien, attend que chacun s'épuise.

Dans la chambre aux murs qui doivent être peints, allongés sur le lit aux montants en bois foncé, le dos calé par des coussins en bayadère vert et jaune, Moise parle à Azul :

– Les enfants se sont habitués à vivre sans toi. Ils sont heureux ici, ils sont dans leur famille, ils sont protégés. Qu'est-ce qu'ils vont faire dans un pays où ils n'ont rien, où personne ne les attend ?

Même toi, ne me dis pas que tu es heureuse à Paris, je ne le croirais pas. Tu vis dans une chambre, tu as froid, les fruits n'ont aucun goût. Ne me fais pas croire que madame Isabelle est ton amie. C'est ta patronne, c'est tout.

Azul lui répond qu'elle pourrait les prendre un an au moins, qu'ils pourraient faire de bonnes études, aller au collège.

Moise sait que ce n'est pas la peine d'argumenter avec Azul, qu'elle a une tête de mule, qu'une fois qu'elle s'est décidée, il est impossible de lui faire changer d'avis.

Avant de partir, ils vont tous à Cotoca brûler devant la Sainte Vierge des faux dollars et un avion en carton.

Moise achète un énorme sac de gâteaux au miel pour le voyage, des écharpes et des pulls en laine d'alpaga pour que les enfants n'attrapent pas froid à Paris.

La première nuit à Paris le 2 septembre 2005, dans les lits superposés donnés par madame Isabelle, les enfants en bas, tête-bêche, elle en haut, Azul ne peut pas dormir. Elle entend Miguel gémir dans son sommeil, Alondra qui fait des cauchemars et qui crie.

Le matin, au réveil, Azul les prévient :

– Ici, je suis seule, je ne parle pas bien le français, je ne connais pas la grammaire, l'orthographe, je ne vais pas pouvoir vous aider pour l'école. Il est important que vous appreniez le français, que vous soyez les meilleurs, sinon, les trois ans pendant lesquels nous avons vécu séparés, le voyage ici, tout cela n'aura servi à rien. Vous êtes seuls responsables de ce qui se passe à l'école.

Puis Azul est allée voir madame Isabelle.

– On ne peut pas vivre tous les trois dans la même pièce. Les enfants ne pourront pas bien grandir, faire leurs devoirs. Il faut que je déménage.

Madame Isabelle s'est rendue chez le charcutier du marché couvert de la rue de Passy, a acheté la terrine de campagne préférée de son mari. Le soir, après que son mari l'a remerciée, elle lui demande de l'aide.

Est-ce qu'il pourrait téléphoner à un ancien condisciple de Sciences-Po, maire de Ris-Orangis ?

– Il pourrait peut-être procurer un logement social à Azul, Miguel et Alondra ?

Son mari lui a répondu qu'il s'en chargerait.

Cela a été aussi simple que cela.

Un coup de téléphone, et le maire a obtenu une carte de séjour valable un an et un logement social à Ris-Orangis, quatre-vingt-dix mètres carrés, rue Auguste-Plat, à deux stations de bus de la gare de RER.

Azul est allée prier dans la chapelle de la rue Saint-Didier pour cet homme qu'elle ne connaît pas.

Dans la capitale de ce pays si riche, aux immeubles élégants, où les RER C et D fonctionnent si mal et le A et le B beaucoup mieux, où les gens d'une même famille ont oublié la miséricorde, des femmes et des hommes, de manière inattendue, sans rien demander en échange, offrent leur secours.

Azul pense à ce maire qu'elle n'a jamais rencontré, qui lui a obtenu d'un coup un logement social et une carte de séjour valable un an et renouvelable, à cet épicier qui lui tend un ananas juste avant qu'il ne pourrisse, à la petite fille qui retire de sa bouche un gâteau tout mâché de salive et qui le met dans celle d'Azul, à cette dame qui tient le bibliobus de Ris-Orangis et qui lui fait lire un livre pour enfants, *Le Roi Mathias Ier* de Janusz Korczak et ce livre lui plaît tant, il lui semble que cet auteur au nom bizarre la connaît, qu'elle se passionne pour cet homme qui a consacré sa vie à des enfants qui n'étaient pas les siens.

Elle pense aux sœurs de Chuqui-Chuqui, celles de la rue Saint-Didier, à ses propres sœurs.

Elle se dit que si par une étrange idée quelqu'un raconte son histoire dans un livre (elle se trouve bien orgueilleuse, on ne consacre pas des livres à des femmes de ménage), elle serait heureuse de pouvoir témoigner que des inconnus, vivants ou morts, par leurs actes ou leurs mots, l'ont aidée.

Dix ans après leur arrivée en France, les dimanches après-midi, quand toute la famille est réunie dans le jardin à Santa Cruz, Azul, Alondra et Miguel appellent Moise.

Avec Internet, ils peuvent rester de longs moments au téléphone avec la famille, suivre les repas, les soucis des uns, les bonnes nouvelles des autres.

Miguel a réussi son baccalauréat avec la mention bien, il est inscrit à l'université de Villetaneuse en économie et Alondra est en seconde au lycée de Sceaux.

Tous les deux ans, grâce aux économies d'Azul, l'argent gagné en baby-sitting et l'aide financière de madame Isabelle, ils passent juillet et août à Santa Cruz.

Moise, lui, n'a jamais fait le voyage vers Paris.

Moise s'est racheté un camion-citerne et ne joue plus au casino.

La maison de Santa Cruz est terminée.

À la demande d'Azul, il a peint chaque pièce d'une couleur différente. Le salon est vert amande, sa chambre en rose orangé, la chambre de Ximena en jaune d'or, celle des enfants en indigo.

Les manguiers et les bananiers ont poussé, il a planté des fleurs de quirili, des citronniers, de la menthe, de la verveine, dans le jardin d'Azul qui est aussi le sien.

Il vit là avec sa belle-mère Ximena et sa belle-sœur Natalia.

Quand son mari l'a quittée pour une femme plus riche et plus âgée, Natalia s'est couchée et ne s'est pas relevée pendant six mois. Elle vit désormais chez Azul et Moise, et son fils Gus lui donne un peu d'argent.

L'ordinateur portable passe de main en main. Grâce à la mini-caméra, Moise montre à Azul l'éclosion des kantutas, des fleurs en grappes qui restent roses l'hiver et, l'été, changent de couleur, jaune, rouge et vert puis chacun donne sa version de l'histoire.

Natalia est assise sur un banc en ferronnerie, à l'ombre d'un mur, elle pleure, les larmes glissent sur son fond de teint sans l'abîmer.

Julio, le petit frère d'Azul, qui tient une échoppe au bord d'une route avec écrit en jaune sur un auvent en plastique « Legal Advice » en anglais, s'exclame.

Le futur ex-mari de Natalia, ce crétin, demande 30 000 dollars pour la moitié de la maison qu'elle a achetée avec son travail. Elle a passé deux ans à Bergame, alors que lui n'a jamais rien fait de sa vie.

Avec ce qu'elle gagne, Natalia doit nourrir sa fille de dix-neuf ans qui a déjà deux petites avec un gamin qui l'a laissée pour une autre et qui ne l'aide pas.

Natalia devrait donner un billet au juge et un autre à l'avocat de son ex pour que son dossier avance.

Azul suggère de demander de l'aide à la famille de la femme de Gus. Son beau-père est très riche.

C'est devenu une grande et nouvelle question à Santa Cruz.

– Qui est riche ? Pas riche ?

Alors qu'à Ris-Orangis, le long de la ligne du RER D, Azul assiste à la fermeture des commerces les uns après les autres, ici, à Santa Cruz, ce qui était la veille un terrain à l'abandon, une maison sans toit, un magasin vide est le lendemain bruyant, vivant, agité.

Là, un magasin d'électroménager, ici, de piscines gonflables. Des steak houses, des agences de voyages, des immeubles en verre de dix-huit étages, des embouteillages de voitures conduites par des Boliviens.

Avant, il n'y avait que des Colombiens qui conduisaient des voitures.

La Caseta, la boîte de nuit, dont l'entrée est gardée par d'énormes perroquets de plâtre multicolores, n'acceptaient que des Colombiens et des Boliviennes à la peau claire.

Elle a fermé, les gérants ne payaient pas leurs impôts. Une nuit, sans préavis, elle a rouvert et tout le monde peut y entrer. Même Gus y va maintenant qu'il est riche.

Son beau-père possède plusieurs magasins, dont la concession Honda.

– Faudrait demander de l'argent au beau-père, répète Azul.

– Le problème, lui répond Julio, c'est que le beau-père a perdu le sens de la famille. Il se fiche de la famille de son gendre.

Tous espèrent que cela va s'arranger. Pour Natalia, sa fille et les deux petites.

On boit du jus de cacahuètes glacé à l'ombre du manguier dans le jardin d'Azul à Santa Cruz sans Azul qui est à Paris et qui sait tout.

Sur son écran d'ordinateur, Azul aperçoit sa mère Ximena, ses longues tresses qui tiennent sans attaches, car ses cheveux ont toujours été nattés et ils ne connaissent pas d'autres formes, préparer une soupe de riz.

Elle lui demande en quechua :

– Quelle épice ajoutes-tu ?

– De l'origan, répond Ximena à la caméra.

Les toutes petites de la fille de Natalia font la sieste sur une couverture rose. Elles portent de jolies robes en Liberty mauve. Azul les a envoyées de Paris, des robes de chez Jacadi offertes par madame Isabelle qui valent 90 euros pièce. Une semaine de salaire ici.

La plus grande se réveille, elle passe de bras en bras, on lui soulève sa robe à une semaine de salaire, on l'embrasse sur le ventre, on l'embrasse sur les joues, le cou, on lui fait des grimaces, on s'inquiète. Est-ce qu'elle a chaud, est-ce qu'elle a soif, elle fait le tour des belles-sœurs, des beaux-frères, des frères et sœurs, oncles et tantes, de l'arrière-grand-mère en passant par Azul qui s'extasie aussi. La petite retourne dans les bras de sa mère qui lui donne le sein et puis elle repart, pour un tour de bisous, de chatouilles. On s'exclame :

– C'est une perle, cette toute petite fille.

Dans son ordinateur, Azul possède des centaines de photos des petites en robe Jacadi, en maillot de bain dans une piscine en plastique, de sa mère, de Natalia, de Moise au volant de son camion-citerne, de Julio assis au bureau de son « Legal Advice » et de chaque parterre de fleurs, de chaque arbre fruitier de son jardin.

Moise attend son tour pour parler à Azul. C'est lui qui envoie toutes les semaines des photos des membres de la famille et du jardin pour montrer l'avancée de la floraison, si les pétales roses de kantuta ont enfin viré au rouge, jaune et vert, les couleurs du drapeau bolivien.

Il lui dit qu'il attend, qu'il attend qu'elle rentre, qu'ils ont assez d'argent maintenant et Azul lui répond qu'elle va revenir, elle aimerait construire une maison pour les enfants des rues, avec des rideaux jaunes dans les chambres et une école.

Elle a repéré un terrain sur la route de Samaipata, au bord de la rivière.

À la lisière de la forêt de pins, le lit est élargi par un coude, l'eau est calme et transparente.

Des roches plates permettent de s'étendre au soleil après la baignade.

Qu'est-ce qui la retient encore ici ?

Rue de l'Assomption, rue Saint-Didier, sur les quais de la Seine qu'elle entrevoit à travers les fenêtres du RER, rue Auguste-Plat à Ris-Orangis.

Pourquoi elle ne court pas retrouver son jardin, s'asseoir entre Ximena et Natalia sur le banc en bois et ferronnerie à l'ombre du manguier, s'allonger sur les pierres plates au bord de l'eau sur la route de Samaipata ?

Elle se souvient que, la dernière fois qu'elle s'était rendue à Chuqui-Chuqui, elle avait assisté à une messe de mariage.

Elle n'avait reconnu personne. En sortant, elle avait fait une courte prière.

Elle avait remercié Marie de l'avoir faite libre.

Pour leur anniversaire de mariage, madame Isabelle et son mari sont partis une semaine aux Seychelles. Lui n'était pas contre avoir un troisième enfant. Dans l'avion du retour il y avait un changement à Dubaï, les vacanciers ont laissé la place à des jeunes femmes philippines. Madame Isabelle et son mari se sont étonnés. Quand le steward a demandé que les passagers éteignent leurs téléphones portables pour le décollage, elle a remarqué, à sa droite, une femme courbée parlant au téléphone. Elle parlait, parlait, dans une langue inconnue, sans pouvoir s'arrêter. De profil, madame Isabelle a deviné un visage très jeune, une vingtaine d'années, un poignet maigre agrippé à un portable qu'elle n'a raccroché qu'au moment où l'avion a pris son envol. Madame Isabelle a alors pu voir la photo d'un petit garçon de deux ou trois ans sur l'écran. Depuis, ces images, le sourire de cet enfant, le profil courbé de la mère, se superposent à celui d'Azul.

Azul a toujours des copines qui ont des soucis.

Elles arrivent à Paris, sans papiers, sans travail, avec leurs enfants ou sans, ils sont restés en Bolivie, au Brésil, en Colombie, aux Philippines, au Mali, au Sénégal, en Côte d'Ivoire, au Maroc.

Azul fait office d'agence de placement, garde d'enfants, peintre, électricien, maçon, agent immobilier, intermédiaire légale.

Est-ce que madame Isabelle connaît quelqu'un qui connaît quelqu'un qui a besoin de quelqu'un de très bien ?

Madame Isabelle se prend au jeu. Elle téléphone, regarde les petites annonces à l'entrée du Franprix, parle aux mères de famille à la sortie de l'école rue de la Tour.

Carla M. a travaillé pendant quatre semaines chez une dame, madame de B., qui refuse de la payer.

Madame Isabelle emprunte la voix importante de son époux et téléphone à la patronne.

– Bonjour, maître Meillet, avocate au barreau de Paris, représentant Carla M. Carla a travaillé chez vous quatre semaines. Vous avez refusé de la payer et de la déclarer. Si vous ne régularisez pas dans la semaine cette situation, vous serez dénoncée pour avoir employé au noir une femme sans papiers, à l'inspection du travail, à l'Urssaf, à la Sécurité sociale et aux services des impôts.

Cela marche.
Carla est payée le lendemain.

Pendant les mois qui suivent, madame Isabelle et ses deux filles adolescentes répètent la scène, en exagérant à peine la tirade.

– Vous vous comportez, madame de B., et je pèse mes mots, de façon bien peu chrétienne. Où sont votre amour et votre respect du prochain ?

À regarder vivre et travailler Azul, madame Isabelle a changé.
Azul le sait.
Elle se dit que son cœur n'est pas devenu si dur et froid ici, elle n'a pas offert de fruits juteux, de laines colorées, elle a soigné et protégé, elle a aussi beaucoup reçu.

Bibliographie

C. Notario, *Un chemin d'amour. Vicenta María López y Vicuña*, RMI (Religieuses de Marie-Immaculée)

–, *Comme un fleuve de vie*, RMI (Religieuses de Marie-Immaculée).

Agnès Desarthe, *Le Remplaçant*, Éditions de l'Olivier, 2009.

Jean-Paul Guevara, « Les migrations boliviennes et la mondialisation », *Alternatives Sud*, vol. 11, 2004.

Irène Jarry, « Bolivie : la révolte des sans-voix », *Politique internationale*, n° 102, 2003-2004.

Pierre Morlon, *Comprendre l'agriculture paysanne dans les Andes centrales*, INRA Éditions, 1992.

Mario Turpo Choquehuanca, *Chroniques quechuas. Une quête des origines*, Maisonneuve et Larose, 2001.

Remerciements

Je n'aurais pu écrire ce livre sans la générosité sans limite de Lucia Daza Trigo, Lucio Zeballos, Jair Caseres qui m'ont conduit de Santa Cruz de la Sierra à Chuqui-Chuqui, de Sucre à Potosi.

Merci à Natalia Villacorta, Roy Villacorta, Laura Daza et Julia Daza qui m'ont raconté leur enfance à Santa Cruz puis à Paris et bien voulu corriger les fautes d'espagnol et de quechua de ce texte.

Merci pour leur accueil à Santa Cruz à Natalia Trigo, Marina Daza, Carola Miranda, Guilianny Daza, Nicole Lemoine et Manuel Suarez de Casapatio, à Chuqui-Chuqui à Theolinda Trigo et à Arcachon à Nathalène et Olivier Arnoux de l'hôtel Ville d'Hiver.

Merci à mes amis qui ont lu et relu les dizaines de version de ce livre, Antoine Flochel, Yves Harté, Sophie Avon, Thierry Consigny, Carole Fives, Jean-Noël Pancrazi, Gilles Cahen Salvador, Anne

Heilbronn, Jon Maksik, Pierre Pachet et, chez Stock, à Capucine Ruat, Alice d'Andigné, Vanessa Retureau et pour sa patience Manuel Carcassonne.

Merci à Olivier Hurtado et Virginie de Mecquenem qui se sont occupés de nos enfants pendant mon séjour bolivien.

Merci à Xavier Darcos, ancien directeur de l'Institut français, ainsi qu'à Christophe Musitelli et Anne du Parquet, à Damien Loras, pour son hospitalité à São Paulo et à Éric de Chassey, directeur de la villa Médicis.

Merci à sœur Pilar pour son accueil en chansons au couvent Marie-Immaculée et à Marie-Christine Tigoulet de l'École Bossuet.

Cet ouvrage a été composé
par Maury à Malesherbes
et achevé d'imprimer en France
par CPI Brodard et Taupin
à La Flèche (Sarthe)
pour le compte des Éditions Stock
31, rue de Fleurus, 75006 Paris
en mai 2015

Imprimé en France

Dépôt légal : août 2015
N° d'édition : 01 – N° d'impression : 3011127
51-51-3775/7